DIARIO DE MARIANA

Carmen Saucedo Zarco

Diario de Mariana

PLANETA

Colección: Diarios mexicanos

Diseño de portada: Natalia Gurovich
Ilustración de portada: Anónimo del siglo XVII. *Dama con guante.*
 Colección Sres. Joaquín Redo y Marita Redo

Derechos Reservados
© 2000, Carmen Saucedo Zarco
© 2000, Editorial Planeta Mexicana, S.A. de C.V.
Avenida Insurgentes Sur núm. 1162
Colonia del Valle, 03100 México, D.F.

Primera edición: mayo del 2000
ISBN: 970-690-113-2

Impreso en los talleres de Arte y Ediciones Terra, S.A. de C.V.
Oculistas núm. 43, Colonia Sifón, México, D.F.
Impreso y hecho en México-*Printed and made in Mexico*

Para mi madre
porque es mujer.
Y a mis amigas
porque lo son,
también.

Memoria: pues a ti sólo te es dado
hacer que sea presente lo pasado;
pues resucitas, en tu estimativa,
de la ya muerta gloria, imagen viva,
guardando en sus mentales caracteres,
las cosas que tener presente quieres,
¡ya está aquí, a tu mandado,
el volumen del Tiempo que ha pasado!

Sor Juana Inés de la Cruz

Ciudad de México,

(febrero de 1692 – junio de 1695)

Sábado 2 de febrero de 1692

Yo soy doña Mariana Calderón y Oliveira y nací en la dos veces imperial, muy noble y muy leal ciudad de México, en el año del Señor de 1678, hija de don Melchor Calderón Tapia, natural de la ciudad de México, y de doña Teresa Oliveira Gonzálvez, natural de Lisboa en el reino de Portugal. Quisieron mis padres bautizarme con el nombre de la reina nuestra señora doña Mariana de Austria (que Dios guarde), que fue regente de su hijo el rey nuestro señor don Carlos II (que Dios guarde). Para que no se me olvide esto y las cosas que veo y me suceden, comienzo a escribir este diario en la ciudad de México, capital de la Nueva España, en 2 de febrero, día de la Purificación de Nuestra Señora, de mil seiscientos noventa y dos años.

Aprendí a leer y a escribir en la escuela de Amiga, la misma donde aprendieron mis hermanas Isabel y Gertrudis. También aprendí las operaciones matemáticas, pero fue mi madre quien más me enseñó, pues siempre quiso que tuviera buena letra y leyera libros.

Vivo en la casa morada de mis padres que está en la calle de San Agustín en los altos del taller de imprenta de la viuda de Calderón que fue tía de mi padre. Mi madre (que en paz descanse) murió de fiebre puerperal hace un año, al poco tiempo de haber parido a mi hermano José Fructuoso. Él murió cinco meses después, los dos están enterrados en la iglesia del convento de San Gerónimo, donde mi madre hizo muchas limosnas.

Muchos días he llorado la falta de mi madre, pero poco a poco voy hallando consuelo y entendiendo que ella goza de la gloria de Dios. Mi hermano es un hermoso angelito que alabará a Dios por toda la eternidad.

Mi padre es del comercio de esta ciudad y sale durante largas temporadas, porque viaja a los reales de minas a vender sus mercancías. Mi hermana mayor, doña Isabel Oliveira, es viuda desde hace tres años y vive con nosotros. Mi hermana doña Gertrudis Tapia y Oliveira es novicia en el convento de San Gerónimo y cuando cumpla el año de noviciado hará su profesión. Mi padre cree que yo debo casarme como mi hermana mayor y tal vez lo haga con un pariente lejano que nos visita con frecuencia, el licenciado don Mateo Pereda y Arrangoiz. Es de edad 36 años, es abogado de la Real Audiencia, trabaja en un bufete y ha manifestado su inclinación hacia mí. Yo no quiero casarme, pero mi padre ha dicho que cuando pasen los lutos de mi madre, hablaremos de eso.

A nadie le he contado que estoy escribiendo este diario, porque no quiero que me lo vayan a impedir, diciendo que estas no son cosas de mujeres. Por eso, cuando todos están en la siesta y después de la cena, voy a la cocina y mientras las sirvientas lavan los trastes, yo escribo estas líneas. También me gusta escribir como lo hacía mi madre. Ella escribía largas cartas a sus hermanos y padres que viven en el reino de Portugal. Cuando tenía cosas bonitas o importantes que decir, repetía la carta hasta tres veces, para mandarlas en distintas flotas, porque a veces las cartas se pierden en los barcos que naufragan en las tormentas o son capturados por los piratas que tiran al mar todo lo que no les sirve. Yo no tengo a quién escribir cartas, pero para que no se olviden las cosas bonitas o importantes, voy a escribir para mí.

De cómo se conocieron mis padres y cómo vinieron a la ciudad de México.

Mi padre, aunque nacido en esta ciudad, fue desde mozo de natural aventurero. Tenía ánimo de rodar tierras y ver los mares. Mi abuelo, que lo reprendía duramente, lo hizo ver los inconvenientes de su propósito y le dio un pequeño caudal para que comprara mercancía de la nao de China y la fuera a vender a los reales de minas, donde había mucho dinero. Así lo ejecutó y ese pequeño caudal aumentó, pero no tenía voluntad de quedarse en ningún lugar para gozar de esos bienes.

En las islas Filipinas, donde compraba hermosas piezas de marfil tallado, conoció a don Agustín Oliveira, un comerciante portugués con el cual hizo amistad y buenos negocios, pero a quien la suerte le fue adversa. Don Agustín, durante un juego de naipes, riñó con otro hombre que hacía trampa y que lo hirió mortalmente de una estocada. Mi padre fue avisado, y en su lecho de muerte don Agustín encargó a mi padre llevar sus cosas y papeles a sus padres en Portugal. Un rato después de haberse confesado murió.

Mi padre nunca había ido hasta España, mas por temor de que el ánima de don Agustín penara, se embarcó a Acapulco, adonde llegó después de seis meses de navegación y, aunque enfermo, prosiguió su camino a la ciudad de México. Aquí restableció su salud y preparó su salida a Veracruz. Después de navegar tres meses llegó a Sevilla y en otro barco se dirigió a Lisboa. Fue en esa ciudad donde mi padre conoció a mi madre cuando tenía 15 años. Ella era hermana de don Antonio y vivía con sus padres, o sea mis abuelos, a los que tuvo que dar la mala nueva de la muerte de su hijo hacía ya más de un año. Los otros hermanos estaban casados, y aunque mi madre estaba por comprometerse a un capitán, fue tanto el amor que sintieron, que mi padre habló con mis abuelos para que aplazaran el compromiso. Mi padre le dio palabra de casamiento a mi madre y al cabo de un año se casaron. Ella me contaba que lloraba mucho porque creía que mi padre la llevaría a vivir a las Filipinas, pero él ya tenía todo dispuesto para sentar su casa en esta ciudad de México, y pongo esta historia aquí porque me gusta mucho.

Martes 5 de febrero de 1692. Día de San Felipe de Jesús

Hoy cumplo 14 años. Si hubiera nacido hombre llevaría el nombre de este beato, que todos llamamos santo porque esperamos su canonización pronto.

Miércoles 19 de marzo de 1692. Día de San José, esposo de Nuestra Señora y patrón de la Nueva España

Aunque hoy es día de fiesta, no se ve el contento de la gente como en otros años. El trigo está escaso y caro, al punto de que antier el pan tenía arena. Aunque mi padre se enojó, lo comimos así por no haber más y por ser cuaresma. Yo ofrecí el sacrificio a Dios Nuestro Señor.

Martes 15 de marzo de 1692. Día de la Anunciación

Hoy hemos ido a misa al convento de San Bernardo, donde la función estuvo muy lucida; Mateo Pereda fue con nosotros. La iglesia tiene un lienzo nuevo en que se representa la devoción de hoy. La Virgen recibe, sentada con un libro en la mano, la nueva que le trae el arcángel San Gabriel que está todo colorido y enjoyado.

Hace calor y el poco viento trae salitre del lago de Texcoco, por lo que todos estamos con los ojos lagañosos y colorados. Las muchas lluvias del año pasado echaron a perder el trigo y en otras partes le cayó el chahuiztli y, como no hay pan, comemos tortillas.

Viernes de Dolores de 1692. Día de Nuestra Señora de los Dolores, patrona para los que estando casados resuelvan sus desavenencias, y contra los pleitos de familia

Desde ayer compramos blancos alcatraces, olorosos nardos y encendidas amapolas, y hemos prendido veladoras. Hoy rezamos el oficio y las oraciones a la inconsolable Madre de Nuestro Señor Jesucristo.

Después fuimos todos a Santa Anita. Para llegar a este pueblo, mi padre pagó a un indio, de los que están en la acequia a un costado del palacio real, para que nos llevara en un trajinera. Había mucho concurso de gente y las canoas se detenían a veces para dejar pasar otras que traían flores y más cosas y que vienen de Iztacalco y de Xochimilco. Hay personas que prefieren ir hasta allá en sus carrozas, pero a mi padre le gusta hacer este recorrido y a mí también. Después de ir por varias calles de agua, llegamos al canal de la Viga. Había muchas carrozas y jinetes y las familias caminaban alegres por el paseo de la orilla del canal, que es muy ancho y le dan sombra los árboles. Hay muchas indias que venden toda suerte de guisados, golosinas, flores, baratijas de hoja de maíz, de paja y hasta cazuelas de barro. Todo es algarabía y el pulque y aguardiente que venden ponen colorados a los hombres y alegres a las mujeres. Nos divertíamos viendo a la gente, y para no quedarnos con sed tomamos agua de chía y mi padre y Mateo bebieron vino aguado en un tendajón. Había tal concurso de trajineras que no había lugar para los patos. En la iglesia de Santa Anita tenían un hermoso altar que hacen los indios: la Virgen toda está cuajada de joyas, flores, esferas con agua de colores, velas y alfombras que hacen de pétalos y semillas. Toda la iglesia es un hermoso monumento a los dolores de María.

El contento que dan todas las maravillas que hacen para alegrar la vista, el olfato, el gusto y el oído, nos hace olvidar el dolor de la Santísima Virgen, pero no nos hace menos celosos de su devoción.

Sábado 29 de marzo de 1692

Hoy temprano nos fuimos en carroza al santuario de la Piedad.

Jueves Santo, 3 de abril de 1692

Hoy nos levantamos muy temprano para hacer la visita de las siete casas, yo me puse unos chapines de cordobán suave para no cansarme tanto de los pies, porque hoy no podemos usar la silla de manos. La primera casa que visitamos fue el templo de San Agustín, que está frente a nuestra casa y es uno de los templos más grandes de la ciudad y uno de los que más me gustan; ya nos esperaba Mateo. A unos pasos allí está San Felipe Neri, que es la iglesia de los padres del oratorio. Luego caminamos algunas calles y al pasar por la acequia había mucha pestilencia por un perro muerto. En San Francisco hicimos la tercera visita a la iglesia, que es grande y con muchos monumentos, que estaban cubiertos con paños morados. Este convento tiene tantas capillas que hay algunas gentes que, para no cansarse, hacen todas las visitas aquí, pero dicen los padres que eso no está bien. Cuando salimos de este templo había mucho concurso de gente en la calle, algunos vistiendo con mucho adorno y paseando en coche, y también de esto dicen los padres que está mal, pero hay quienes no hacen caso de ello.

Luego cruzamos la calle de agua por una acequia más grande y llena de inmundicias, para llegar al convento de Santa Isabel, donde tienen un Cristo de la Columna que mueve a las lágrimas por estar muy herido y sangrante de todo el cuerpo. De ahí, nos fuimos al convento de la Concepción, que es de monjas y tiene una magnífica iglesia con cúpula. A esta hora nos sentíamos desfallecer de calor y de hambre, por lo que mi hermana ya tenía prevenido pasáramos a la casa de su suegro, don Álvaro Beltrán, que está en la plaza del Factor. Como está tullido casi no sale de su casa, e hizo servir para nosotros un reconfortante chocolate; después de un rato, salimos para hacer las dos últimas visitas que fueron en Santa Clara y Capuchinas.

Viernes Santo, 4 de abril de 1692

A mediodía se nubló y cuando estábamos listos para ir a la procesión del Santo Entierro tronó el cielo y llovió mucho. Un criado vino y dijo que la procesión no salió y nos quedamos aquí en la casa rezando el *via crucis* y más tarde dimos el pésame a la Virgen en San Gerónimo.

Domingo 27 de abril de 1692

Hoy fuimos Isabel y yo al portal de las flores para ver a una india que hace ramilletes de hierbas contra el mal de ojo, porque mi hermana hace tiempo se siente mal y cree que le hicieron ojo. La india compuso las hierbas con mucha diligencia e hizo muchos encargos a Isabel para que rece cuando se pase el ramillete por la parte dolorida. En otro puesto vimos algunos amuletos, pero no compramos ninguno. Más tarde supe que Isabel mandó a Antonina a comprar un ojo de venado y un coral rojo como los que le ponen a los niños a poco de nacidos. Vi muchos indios juntos y con los mecapales vacíos, pero no supe por qué hasta que Antonina me contó que no había maíz y muchos creían que su excelencia el virrey estaba sacando provecho de aquello, como lo había dicho un fraile franciscano que predicó el Domingo de Ramos en la catedral.

Martes 20 de mayo de 1692. Día de San Bernardino de Siena

Hoy hubo rogativa por la falta de agua y la enfermedad que hay. Isabel y yo fuimos a San Francisco y supimos que los virreyes van a traer a Nuestra Señora de los Remedios.

Jueves 29 de mayo de 1692

Hace unos días que llegó Nuestra Señora de los Remedios a esta ciudad y hoy la fuimos a ver a San Bernardo. Había mucha gente y penitentes que gimiendo impetraban la intercesión de la Virgen. Cuando salimos estaba muy nublado y a poco empezó a llover; se dio por milagro.

Jueves de Corpus, 5 de junio de 1692

Hace un año no fuimos a la procesión del Corpus por estar muy enfermo mi hermanito José Fructuoso, pero esta vez mi hermana Isabel, Antonina y yo nos fuimos a la casa de su cuñada doña Juana Beltrán, que está en la plaza de Santo Domingo. Por todas partes había altares adornados con alfombras y charolas de plata y en la carrera del Corpus estaban tirando ramas de pino. Aunque llegamos temprano, había mucho concurso de gente, pero esta vez no había puestos de fritangas, por eso de que no hay maíz, pero sí había algunos de buñuelos, pulque y calabazas tachadas. En casa de doña Juana había muchos parientes y amigos; sirvió refrescos de chía y había chocolate con achiote que es como lo toman los indios. A las doce del día comenzó a pasar la procesión frente a esta casa y fue de la manera siguiente: primero doce caballeros con la espada en mano, montados en caballos muy bien enjaezados; luego unos danzantes, máscaras y gigantes dando muchas vueltas alrededor de la tarasca, que este año fue muy grande y lanzaba fuego y humo por las enormes fauces, y gustó mucho a la concurrencia. Después venían los clarineros a caballo con las armas de la ciudad, y unos guardias con sus arcabuces, que los habían disparado unos pasos atrás. Pasaron luego los gremios y las cofradías con sus pendones de oro y plata. Con mucha seriedad empezaron a avanzar los religiosos de los conventos que hay en esta ciudad, con toda suerte de hábitos y colores, pero lo más bonito fue que llevaban en andas a sus santos fundadores todos cuajados de oro, plata y piedras preciosas, y todos eran santos varones, menos uno que era Santa Teresa, que llevaban los padres carmelitas descalzos.

La presencia de los párrocos y los músicos de la catedral, nos anunció la cercanía del Santísimo. El sonido de las campanillas nos hizo callar y ponernos de rodillas. Me quedé viendo la gran custodia que resguarda el divino cuerpo de Nuestro Señor Jesucristo. La devoción de todos, el olor a incienso y la portentosa presencia del Santísimo Sacramento me emocionaron mucho.

Tras del Santísimo iba el ilustrísimo señor arzobispo don Francisco de Aguiar y Seijas con el cabildo de la catedral; y por último el virrey y la audiencia. El virrey conde de Galve parecía mujer, porque llevaba una peluca tan larga que le llegaba a media espalda y es lampiño.

Pasada la procesión doña Juana sirvió puchero, arroz y cordero para la comida. En la tarde regresamos a la casa, donde encontramos a mi padre listo para irse a los toros, que la tarde de hoy eran del conde de Santiago.

Domingo 8 de junio de 1692. Infraoctava de Corpus.

Hoy ha sido el día más terrible que hemos tenido los que vivimos en esta ciudad. Toda ella está revuelta y aún a estas horas de la noche hay lamentos, gritos y desorden en la calle por el motín que hubo en la plaza mayor y que comenzó la tarde de hoy. Antonina y Tomé, el esclavo negro de mi padre, nos contaron que había muchos indios en la plaza, que parece venían a la procesión de la infraoctava del Corpus, pero era porque tenían hambre. Como habían matado a una india de Tepito que pedía maíz en la alhóndiga, muchos de ellos fueron a pedir justicia al arzobispo y éste cerró las puertas de su palacio; y de allí se fueron al palacio real, donde por cierto no estaban los virreyes. Que gritaban: "¡Viva el rey y muera el gobierno! ¡Vamos a matar gachupines o que se vuelvan a su tierra!" Con lo que se pusieron a lanzar piedras al palacio. Entre los amotinados también había algunos españoles de los que llaman zaramullos y que andan azuzando a los indios, mestizos y negros, diciendo que al virrey deben matarlo por tener con hambre a la gente. Los guardias y alférez del palacio no pudieron contener a la multitud y no les quedó más remedio que cerrar las puertas, lo que aumentó el enojo de los alzados, quienes prendieron fuego a los puestos junto al palacio y de allí se empezaron a quemar las puertas y luego los salones. Mi padre salió solo, porque Mateo tuvo miedo de ir, para ver lo que acontecía y aún no regresa, quiera Dios que esté bien. Hace un rato subimos a la azotea y se podían ver la humareda y las lenguas de fuego subiendo al cielo, todo el palacio real está ardiendo.

Lunes 9 de junio de 1692

Anoche, mientras rezábamos todos, llegó mi padre muy turbado por todo lo que sucedía y nos dijo que nunca había visto cosa igual, que la plaza mayor era un infierno. Nos dijo que había sabido por unos amigos que sí había maíz suficiente para evitar las presentes desgracias, pero lo tenían retenido algunos comerciantes para venderlo más caro, sin darse cuenta que el hambre apretó más y provocaron la ira de los más débiles y miserables. Dijo que en la plaza vio muchos muertos y había soldados del virrey y hombres del conde de Santiago tratando de poner orden y disparando sus mosquetes y arcabuces contra los amotinados. Que luego el arzobispo trató de poner paz y no pudo por miedo a tantos indios enfurecidos. Otros saqueaban el Parián y el Baratillo y muchos otros, que no eran indios hambrientos, aprovecharon la revuelta para cobrar venganzas y cometer crímenes. Que un canónigo sacó el Santísimo Sacramento y muchos indios se pacificaron a su paso, pero ya era tarde, porque la mitad de la plaza y parte del palacio los devoraba el fuego.

Hoy la ciudad está llena de compañías de a caballo y arcabuceros, y el virrey se fue a vivir a las casas del marqués del

Valle. También se vende maíz suficiente y la alhóndiga está abastecida, pero han prohibido el pulque y han enterrado a los muertos en un hoyo grande que hicieron en el cementerio de la catedral. Pero el peor de los bandos de la autoridad es el que ordena que todos los indios salgan de la ciudad y se vuelvan a sus barrios, lo que ha causado muchas contradicciones, porque en todas las casas hay indios sirviendo, y trabajan en los talleres, y tampoco hay leña ni frutas ni flores ni muchas otras cosas que ellos traen de fuera para que los que vivimos aquí, en esta isla que es la ciudad de México, tengamos sustento.

Martes 10 de junio de 1692

Hoy salió mi padre a ver la plaza mayor, la que, dice, está en estado de completa destrucción, y aunque esto lo ha puesto triste, dice que no pudo contener la risa por un versillo que alguien escribió en un muro del palacio y, como a mí también me hizo gracia, lo pongo aquí:

> *Este corral se alquila*
> *para gallos de la tierra*
> *y gallinas de Castilla.*

Miércoles 11 de junio de 1692. San Antonio de Padua

Ayer prendieron a muchos indios que tenían ropa y cosas que robaron del Parián. También arcabucearon a los tres indios que, dicen y pregonaron, pusieron fuego al palacio; a otro más lo mataron a golpes la víspera y así muerto lo colgaron de la horca con los otros, y hoy les cortaron las manos para público escarmiento.

Jueves 12 de junio de 1692

Ayer se fueron Antonina y María para su barrio, que es el de Tlatelolco. En la noche hubo mucho alboroto, porque corrió el rumor de que venían muchos indios de los pueblos a matar a todos los españoles. Todos teníamos mucho miedo, aunque mi padre nos decía que nada iba a pasar, y así fue, gracias a Dios misericordioso.

Hoy en la catedral hubo procesión de la octava del Corpus, y aunque fue el virrey no hubo puestos ni adornos. Mi padre mandó a Tomé a avisar a Antonina y María que regresen al servicio de nuestra casa, lo cual me dio mucho contento porque las extraño mucho.

Viernes 13 de junio de 1692

Mateo vino a tomar el chocolate con nosotros y dijo que por todas las calles y acequias aparecían las ropas y las cosas que robaron el día del motín. También dijo que en las casas y palacios no quieren dejar ir a los indios y a muchos los han vestido con ropas españolas y los hacen pasar por mestizos.

Lunes 23 de junio de 1692

Hoy fui con Antonina a ver a Gertrudis al convento de San Gerónimo para llevarle huevos y azúcar para unos dulces que va a hacer. Cuando la estábamos esperando en el locutorio, vi un clérigo de anteojos y barba rala que platicaba con una monja. Le oí decir que el día del motín se entró a las casas del Cabildo que se estaba quemando, y con la ayuda de unos parientes y amigos logró evitar que se quemara el archivo y unas pinturas que allí había. Que las ropas y la barba se le chamuscaron cuando apartó del fuego unos legajos que se estaban quemando. ¿Quién será?, pensé, y en eso estaba cuando llegó mi hermana a la reja del locutorio, para contarme que está muy contenta porque pronto va a ser su profesión y ya está disponiendo su ajuar y arreglo. Dice le gustaría la profesión sea el día de Santa Rosa de Lima, que es el 30 de agosto. Después de un rato de estar platicando, el clérigo aquel que había suscitado mi curiosidad se retiró, y aproveché para preguntarle a Gertrudis si sabía quién era aquel hombre, y me dijo que se llamaba don Carlos de Sigüenza y Góngora, catedrático de matemáticas y astrología de la universidad y cosmógrafo del rey, entre otros cargos. "¿Y a quién visita tan ilustre persona?", pregunté, y me contestó: "¿Pues a quién va a ser, si no a la madre Juana Inés de la Cruz?"

Más tarde estuve pensando que su nombre me parecía conocido y, recordando algo, bajé a la librería mientras Isabel hacía la siesta y le pregunté al maestro don Enrique Fontes, quien me dijo que algunos libros de aquel ilustre sabio habían salido de aquellas prensas, que hacía dos años allí se imprimieron dos libros, uno titulado *Libra astronómica y philosófica*, que era un escrito contra el padre Eusebio Kino sobre lo que tenía dicho de un cometa, y el otro libro trataba de los infortunios de Alonso Ramírez. Estas y otras cosas muy elogiosas me contó el maestro Fontes de don Carlos.

Martes 24 de junio de 1692. Día de San Juan

Hoy, por ser día de San Juan, nos bañamos todos.

Hoy fuimos a misa a San Agustín y en la tarde nos pusimos nuestras mejores sayas y nos fuimos Isabel y yo a casa de doña Juana Beltrán, a quien de cuelga le dimos una corona de azúcar. Después nos fuimos en su coche a la Alameda, donde había mucha concurrencia de carros y caballeros montados en briosos corceles. Todos los que paseaban iban muy enjoyados con largas cadenas de oro, broches con diamantes, collares de perlas y casacas y vestidos guarnecidos con hilos de oro y plata. Algunas de las damas también paseaban con sus esclavas negras, que iban casi tan enjoyadas como ellas. Los mozos, acompañados de sus lacayos, con sus sombreros emplumados hacían caravanas a las damas y estás sonreían coquetas tras el abanico. Todo esto lo veíamos con mucha atención porque los galanteos de hoy son el chisme de la semana. Al poco rato, llegó la estufa del virrey y la virreina, que jalan seis caballos. El virrey se apeó y montó un caballo y la virreina prosiguió el paseo en la estufa.

La tarde estaba soleada, por lo que nos quedamos otro rato. Vimos cómo un caballero reconvino a otro por estar mirando a su pretendida. Echaron pie a tierra y se enfrascaron en una lucha de espadas; las mujeres del coche gritaban pidiendo que cesaran el lance, y así lo hicieron y todos siguieron su camino. De pronto a nuestro lado había un jinete que yo no alcanzaba a ver. Estiró la mano para darme una flor; cuando logré verle el rostro vi que era Mateo y me sentí decepcionada, aunque le agradecí. Cuando iba a oscurecer nos fuimos porque ya iban a cerrar las puertas de la Alameda, y Mateo nos acompañó hasta nuestra casa, donde nos dejó doña Juana.

Más tarde estuve pensando en Mateo. En la Alameda los hombres hablan a las mujeres que les gustan y éstas contestan si les agrada el hombre, y creo que Mateo no me gusta y tampoco me gusta lo que habla. Como es gachupín desprecia a los criollos y yo soy criolla; yo creo que quiere casarse conmigo porque tengo dote, no porque me quiera. He escuchado y leído cosas sobre el amor, pero no sé cómo será. No sé si nace de la mirada o del oído. Isabel dice que se debe amar al hombre que Dios nos destina y que es el que escogen nuestros padres para que sea nuestro esposo, sin importar cómo sea.

Viernes 4 de julio de 1692. Día de Santa Isabel, reina de Portugal, por la que mi madre tenía especial devoción y por eso mi hermana mayor se llama como esta Santa

Para festejar su santo, Isabel, Antonina y yo fuimos a la función que hubo hoy en el convento de San José de carmelitas descalzas. Estrenaron convento nuevo porque el primitivo era pequeño, incómodo y ruinoso. Estas monjas son muy diferentes a las de San Gerónimo donde están mi hermana y mi tía Luisa de Santa Águeda. Estas monjas se distinguen de otras por tener una vida muy estrecha y pobre. No pueden tener bienes propios, no tienen sirvientas ni esclavas y no admiten niñas. Sólo puede haber veintiuna monjas y son las únicas en hacer un quinto voto: no tomar ni hacer que otra monja tome chocolate. Todo esto lo dispuso Santa Teresa, menos lo del chocolate, que fue cosa de la fundadora, la madre Inés de la Cruz.

Después de la misa, Isabel estuvo rezando un rato al Santo Cristo Renovado de Ixmiquilpan, más conocido como el Señor de Santa Teresa. Es un Cristo que, estando ya muy descarapelado, se renovó y se dio por milagro, y luego un arzobispo lo puso aquí donde muchos feligreses lo vienen a ver. Está a un lado del altar mayor, que ocupa una imagen de Nuestra Señora de la Antigua labrada con gran primor y que trajeron de Sevilla.

Miércoles 16 de julio de 1692. Día de Nuestra Señora del Carmen

Ayer echaron bando para que los indios se vayan a sus barrios y no vivan entre nosotros, por lo que Antonina y María se han tenido que volver a Tlatelolco. Mi padre ha creído conveniente que vayan y vengan todos los días de nuestra casa a su pueblo o alguna otra casa de los barrios de indios, de otra manera no podrá ser.

Hoy, muy temprano, Isabel, doña Juana, Mateo, mi padre y yo salimos para el pueblo de San Jacinto. Los hombres fueron a caballo y nosotras en la carroza de doña Juana. Salimos de la ciudad por la calzada de Tacuba y dimos vuelta al sur junto a los arcos del acueducto que lleva el agua de Chapultepec a México. Para cuando llegamos a Tacubaya, ya sentíamos debilidad por el hambre, pero sólo tomamos chocolate en un mesón. Adelante, en Santo Domingo Mixcoac, tomamos un poco de pulque para refrescarnos, porque el de este pueblo es muy bueno, aunque el de esta temporada no es el mejor; sólo Mateo no lo apeteció. Después de otro rato de zangoloteo debido a los hoyos del camino, vimos las cúpulas de la iglesia del colegio de San Ángel de frailes carmelitas descalzos, donde oímos misa. Al salir, almorzamos en uno de los muchos puestos que hay fuera de la iglesia y después compramos unas peras de la huerta de los frailes. Paseamos entre las huertas verdes y cargadas de fruta y respiré profundo aquel aire limpio que huele a lluvia, a fruta recién cortada y al perfume de las flores que crecen por ahí. En ese momento pensé en no regresar nunca a la ciudad de México, que además de ser muy grande ya, tiene mucho bullicio, padecemos las inundaciones, está llena de carrozas que arrollan a la gente que pasa, huele mal porque las calles están llenas de inmundicias y basura, el aire está irrespirable por el mucho humo que hay tanto de los fogones y como el que sale de los talleres y por los vapores perniciosos que producen los charcos y las acequias pestilentes. Cuando le dije esto a Mateo, le pareció un desatino y me dijo más o menos esto: "Que no era bueno vivir en el campo si no se era labrador. Que todas las cosas buenas estaban en la ciudad, como la universidad, los muchos conventos e iglesias, los palacios, los bailes y saraos, los médicos y las boticas, las familias nobles, los pintores y sus talleres, el Parián…" Y así siguió discurriendo sobre por qué debíamos vivir en la ciudad de México. Luego pensé que a pesar de las cosas que no me gustaban, había en ella tantas cosas hermosas que me daba emoción haber nacido en ella. Mi padre dijo que era bueno vivir en la ciudad de México porque en ella había muchas cosas de las que otras carecían, y aunque había ciudades bellas como Querétaro o Guadalajara, no eran tan ricas ni estaban tan hermoseadas como ésta. Mateo no estuvo de acuerdo y dijo que Sevilla y Madrid era mejores y más bellas, a lo que mi padre contestó que se volviera a ellas a ganar fortuna, y Mateo respondió: "Para tener fortuna la América es lo mejor."

En el pueblo de San Jacinto fuimos a un obraje que tiene batanes de hacer paño y manta. Mi padre tiene algunos tratos de comercio con don Francisco Sacaza, arrendador del obraje. Las condiciones en que un montón de indios trabajan en estos lugares, son harto tristes. Hacinados, hombres, mujeres y niños pasan todo el día haciendo mantas, comen cualquier cosa y duermen juntos en unas miserables chozas. Algunos están pagando alguna deuda, otros purgan condenas y los niños y los muchachos están como aprendices porque sus padres lo quieren así y por eso los dejan. Y dicen que son muchos los abusos que aquí se cometen contra estos pobres indios y yo creo que así es porque da mucha pena verlos, y aunque los frailes han mandado cartas al rey Nuestro Señor (que Dios guarde), no se ha aliviado el sufrimiento de estos infelices ni puesto remedio a sus repetidas quejas. En estas partes, así como en todo el camino, hay estos obrajes y molinos de trigo, porque el agua de los muchos ríos que hay, y que depositan sus aguas en las lagunas, sirven para mover las ruedas y piedras de moler. Mi padre dice que son muchos los pleitos que tienen los dueños de las huertas con los dueños de los obrajes y molinos, por querer todos más agua de la que necesitan.

Comimos en la hacienda de doña Agustina de la Barreda, en Tlacopaque. Mi padre conoce bien este camino porque es el que va a Acapulco, y en sus viajes acostumbra parar en esta hacienda para almorzar o comer y proseguir luego su jornada. Doña Agustina tiene un mesón, caballerizas y una huerta. Mandó matar un becerro y lo asó y lo comimos con lechugas, rábanos y berenjenas de su hortaliza. Una india llevó tamales con carne de cochino enchilado, mi hermana y su cuñada no los quisieron por no les gusta el picante, pero mi padre y yo los tomamos aunque tuve que comer con cuidado porque tenían mucho chile. Mateo, que tampoco los probó, criticó la costumbre de los indios de poner chile a todas sus comidas y dejó que en eso como en muchas cosas la comida española era mejor. Mi padre no estuvo de acuerdo y le contestó que Dios había dado distintos alimentos a los hombres que habitaban las diferentes partes del mundo y por eso no podían ser mejores o peores los frutos o los animales de esta tierra. Mateo le explicó a mi padre que varios médicos y sabios han dicho que los frutos de España son mejores porque tienen más sustancia provechosa que los frutos de aquí, porque en la Nueva España las estaciones no son como en Europa. Otra vez mi padre no aceptó ese argumento y dijo que tan buenos eran que la comida que aquí llaman española no es como la de España, porque a falta de unas cosas se ponían otras que se dan aquí, dando por resultado guisos diferentes. Mi padre preguntó si la comida le parecía igual que la de España, a lo que Mateo tuvo que ceder y dijo no. Yo creo que no le gustó la conclusión, pero insistió en lo que decían los doctores en la materia.

De lo que mi padre dijo sobre la comida y su disfrute.

Y lo pongo como recuerdo que lo dijo. "En la casa de mis padres había una cocinera india de nombre Petra a la que mi madre enseñó a cocinar como en España, pero esta costumbre no pudo durar mucho, porque algunas veces la flota no llegaba y escaseaban los condimentos como el azafrán, que es de la tierra de los adoradores de Mahoma y no de España, o el arroz que tampoco es de España; entonces Petra, que se desesperaba con la pobreza de los guisos, comenzó a ponerle hierbas y sazones de esta tierra. Lo hizo poco a poco como para que mi madre no se diera cuenta, pero sí se daba cuenta y la dejaba porque así salía más barato dar de comer a todos los de la casa que éramos muchos. Que en las cocinas de los españoles donde guisan las indias es donde mejor se come, porque éstas dan de comer a los hijos de los señores no lo que los señores comen en la mesa sino lo que las sirvientas y las nanas indias cocinan, que casi siempre es la sobra del asado o del puchero con la salsa de chiles y jitomates, o las tortillas con asientos de manteca o muchas otras cosas que mezclan los frutos de la tierra con las carnes de España. Mi madre era de Sevilla, y allí la comida es más diversa que en Castilla, por tratarse de un puerto a donde llegan frutos de África, Italia y Grecia. Aunque en Nueva España preferimos el pan, cuando el trigo escasea decimos 'a falta de pan, tortillas', pero es el hambre la que buscamos satisfacer, no así dar sólo placer. Por eso, cuando uno anda por los caminos se agradece a Dios haya agua y no un buen vino, haya una tortilla con chile y no una chanfaina. Cuando a un español se le cae el pan al piso, lo bendice; cuando a un indio se le cae la tortilla, pide perdón a Dios y en esto se ve que el alimento, sea pan de trigo o tortilla de maíz, es sagrado para el que lo toma.

"Dios creó el mundo y en él puso variedad de animales, plantas y frutos para que el hombre los tomara, los mezclara, los comiera y comiera de ellos para alabarlo, porque no hay peor castigo que padecer hambre ni peor pecado que juzgar como poca cosa el provecho que de ellos sacamos." Con esto todos dimos gracias a Dios por el pan o la tortilla nuestra de cada día.

Nos quedamos en la hacienda para volvernos mañana y yo me quedé dormida con el azul sosegado de la noche.

Jueves 17 de julio de 1692

El canto de los gallos delató la alta presencia del sol y el hambre nos hizo dar con el chocolate. Cuando Isabel y yo entramos a la cocina, Mateo se empinaba una jícara grande de la preciada bebida, y casi enseguida entró mi padre, con lo que dijo a voces: "¡Mateo, qué dicen los doctores del chocolate? ¡No sea que te haga daño!" A lo que Mateo respondió: "don Melchor, alabado sea el Señor porque puso en esta tierra el bendito chocolate, y dicen los doctores que no hay en el mundo cosa mejor, que con él se engorda, y como la gordura es hermosura, tomemos todos mucho chocolate." Y así, riendo, lo tomamos todos. Agradecimos mucho a doña Agustina su generosidad y nos volvimos a la ciudad de México.

Jueves 31 de julio de 1692

Desde hoy se vende pulque otra vez en la plaza, pero sólo para remedio de los enfermos, y en la semana pasada la autoridad mandó que los indios no vistan como mestizos, o sea que deben estar con su ropa y descalzos y no usar capote, y a los mestizos que no traigan espada. Como el trabajo de la casa se ha juntado por el corto tiempo que trabajan Antonina y María, mi padre compró ayer dos esclavas negras, una se llama Teresa San Pedro y la otra Dominga Guzmán. Teresa tiene unos 14 años y ella se irá a servir a mi hermana Gertrudis cuando profese en el convento de San Gerónimo. Dominga tendrá unos 35 años y se quedará para ayudar a Antonina y María. Ambas esclavas tienen marcada la cara con el fierro de la esclavitud y parecen dóciles y de buen natural.

Viernes 1 de agosto de 1692

Hoy, en el almuerzo, mi padre dijo que iría al taller de un pintor por el escudo del hábito de mi hermana y a comprar otras menudencias que se necesitan para el día de la profesión de mi hermana Gertrudis. Le pedí ir con él y lo admitió. Tomé y Santiago me llevaron en la silla de manos, mientras mi padre caminaba, y al pasar por la plaza mayor vi el palacio real muy destruido, pero algunos indios y peones quitaban los escombros y las vigas quemadas, y como yo sintiera curiosidad de verlo más de cerca, pregunté a mi padre si podríamos hacerlo. Unas palabras con el alabardero bastaron y en breve estuvimos en el patio, que no se veía tan dañado como la parte que mira al sur. Era la primera vez que entraba y no me imaginaba que fuera tan grande y digno de su nombre. Lo que más llamó mi atención fue la fuente que está al centro del patio, que es ochavada y tiene un caballo alado al centro, que me pareció un prodigio extraordinario.

A unas calles del palacio real está el taller del maestro Juan Correa, que es un pintor de mucho nombre, pues sus lienzos gozan de mucha estima. El taller era un ir y venir de aprendices y oficiales ocupados en diversas tareas. Unos molían la pintura en unos morteros, otros estiraban los lienzos, y otros más pintaban. El maestro Correa, que es mulato, nos saludó y mandó traer los escudos que eran tres, a saber: uno de los Cinco Señores, otro de la Anunciación y uno de la Purísima Concepción, siendo los tres muy bellos. Mi padre escogió el de los Cinco Señores, habló del precio, pagó unas monedas y firmó una letra por el resto del dinero, con lo que quedaron contentos.

Después fuimos a una cerería para comprar las velas y los cirios. Como el dueño es amigo de mi padre, quiso que pasáramos a la trastienda a tomar chocolate y así lo hicimos. Luego volvimos a la tienda para escoger la cera que se iba mandar labrar. Mientras mi padre hacía estas diligencias, quedéme tras el mostrador y comencé a ver cosas que ahí había y entre ellas vi un hueso largo. Como me quedé viéndolo en tanto pensaba en su utilidad, un criado, viéndome, dijo que era el hueso de un condenado que ahorcaron en la plaza, y era de buena suerte para vender más.

Cuando llegamos a casa encontramos a Isabel enfadada porque María no quiere que Teresa ni Dominga se metan a la cocina, y porque María tiene sentimiento por estar ellas aquí. Mi padre debió poner orden, repartió las tareas y lo hizo saber a Isabel para que no haya contradicciones.

Más tarde pregunté a mi padre si él también tenía guardados huesos de ahorcado para vender su mercancía. Me preguntó que dónde había escuchado semejante cosa y le referí lo que vi en la cerería, a lo que me contestó que había gente que creía en esas cosas, que tenían esos y otros amuletos y ponían su fe en esas supercherías, y él rezaba siempre y ponía su fe en Dios y en el mucho trabajo que hacía para vender sus cosas.

Viernes 8 de agosto de 1692

Isabel y yo fuimos a ver a Gertrudis, y Tomé y Teresa llevaron algunas de las cosas que compró mi padre para la toma de hábito, que será el 30 de agosto. En la tarde nos visitó don Mateo de Aguilar, un mulato que vende joyas de Taxco y dice mi padre que es muy rico. Mi padre le compró una toca de terciopelo bordada con hilos de plata que hacía tiempo le encargó para esta ocasión. También traía este hombre un vestido para el Niño Dios, bordado de la misma manera que la toca, pero mi padre lo rehusó por tener muchos gastos hechos y otros por hacer.

Más tarde, mientras veía la lámina del escudo de mi hermana, Teresa San Pedro me preguntó qué representaba la pintura, y le expliqué que los Cinco Señores son Señora Santa Ana y Señor San Joaquín, los padres de Nuestra Señora Virgen María, y con ella su esposo Señor San José y su divino hijo Nuestro Señor Jesucristo. Ella miraba con atención la pintura y me hizo ver que algunos de los angelitos que estaban en rededor de los Cinco Señores, eran de color quebrado como el hombre de las joyas. Yo no lo había notado, pero era cierto, el maestro Juan Correa pinta angelitos pardos.

Domingo 10 de agosto de 1692. Día del protomártir San Lorenzo.

Hoy, después de la comida, mientras tomábamos chocolate, Mateo preguntó a mi padre la razón por la que había comprado al maestro Juan Correa el escudo de Gertrudis, habiendo otros pintores de mucho mérito como el maestro Cristóbal de Villalpando. Mi padre respondió que hacía algún tiempo el maestro Correa era su cliente, y además le parecía que hacía muy bien su oficio y le gusta cómo emplea el pincel, que el maestro Villalpando sólo pinta catedrales y no hace trabajos menudos. Mi padre, que ya conocía el sentir de Mateo, lo provocó a hablar sobre su disgusto por el pintor. Mateo dijo que estaba mal que dejaran a los mulatos y mestizos ser maestros de pintura, que no estaba bien que hicieran ese ni otros oficios de españoles. Que el maestro Correa ofendía a Dios pintando angelillos de color quebrado como él, y los negros eran una raza, por muchas razones, aborrecible. Que la exigencia de la limpieza de sangre debía hacerse cumplir en los oficios de las artes, porque era indigno que estos se emplearan en quehaceres para los que no fueron creados. Que lo negros debían permanecer esclavos o por lo menos haciendo trabajos inmundos. No entendía la mala costumbre de los criollos y otras gentes de la tierra de hacerse acompañar por sus esclavos como si lucieran una joya, y aún menos que hubiera tanta confianza entre amos y esclavos, como el permitir que entren a sus aposentos y otras cosas que no quería nombrar en ese momento. Mi padre contestó que si Dios había dado dones a los hombres que creó, era justo que estos los emplearan en alabarlo. Y que lo que hacía el maestro Correo no ofendía a Dios, pues haciendo angelillos pardos o mulatos o de color quebrado o como quisiera llamarlos, quería decir que todos, hasta los negros, son sus criaturas y están para alabarlo. Y con esto dio por terminada la discusión.

Miércoles 13 de agosto de 1692

Fuimos a la función de San Hipólito y al Paseo del Pendón. Como Teresa no entendía de qué se trataba, le expliqué que cada 13 de agosto se festeja la caída de la ciudad de México que tenían en su poder los indios y que don Hernando Cortés, con sus soldados y muchos indios de otros lugares, tomó para los reyes de España. Como aquí cayeran muertos algunos españoles y por haber sido día de San Hipólito, se construyó esta iglesia donde están sus huesos y donde se guarda el pendón con las armas de España. Dice mi padre que cada año esta fiesta va perdiendo esplendor, que los nobles españoles no quieren hacer los juegos de cañas y su brillo se va opacando, y yo creo que está muy cierto porque no es una fiesta tan bonita como otras que he visto.

Esta noche hubo baile en palacio y en otros palacios y casas. Mi padre nunca me ha permitido ir a uno, aunque hemos sido convidados. Dice que el baile da ocasión al pecado y que los movimientos de ciertas danzas son tan deshonestos que hasta la más justa encuentra modo de perder su virtud. Yo sé que Isabel ha ido a casa de su cuñada doña Juana para que el maestro Antón de Luna les enseñara algunas danzas, pero aunque doña Juana ha convidado a Isabel a bailes, ella no va para no disgustar a mi padre, que es enemigo de los saraos y de los juegos de naipes.

Como Teresa andara aquí por la cocina, le pregunté si ella sabía bailar, lo que le causó gran emoción, pues sin dejar de hacer lo que hacía, entonó una cancioncilla y movía todo el cuerpo de manera parecida a los negros que hay en la plaza del Volador. Meneaba las caderas y seguía guardando platos, en tanto me decía que no había cosa mejor que bailar y que aquello era muy bueno porque reían mucho y se le quitaban los dolores que le daban de tanto trabajar. Le pregunté si bailaba con hombres y me llamó boba. Bailando se arrimó a un trastero y me dijo que eso era un hombre, abrió los brazos y lo tocaba, le pegaba la barriga y también los pechos, y me dijo que así era como se bailaba la zarabanda con los hombres. Le dije que dejara de hacer aquello, se recatara y saliera.

Primero me pareció que tenía gracia, después me pareció muy grosero. Ahora entiendo por qué mi padre dice que es deshonesto.

Lunes 25 de agosto de 1692

Hoy estuvimos mi padre, Isabel y yo en una salita del convento de San Gerónimo para atestiguar la renuncia de bienes y firma del testamento de Gertrudis y el ajuste de la dote. Hace unos días Gertrudis fue examinada por el provisor para que expresara su libre voluntad, y ver la aprobación de la madre abadesa y la maestra de novicias. Esto de entrarse de monja no es tan sencillo, pues requiere de papeles, tiempo, exámenes, acuerdos y dinero.

Jueves 28 de agosto de 1692

Mi padre y yo fuimos temprano al convento de San Gerónimo por Gertrudis. Debe estarse tres días en la casa antes de tomar el velo para estar segura de que quiere profesar y que ninguna de las cosas del mundo le atraiga más que ser monja. También tiene que despedirse de ese mundo en que nació y creció y que pronto debe abandonar. Yo veía este día muy lejos y ahora ya no quiero que se vaya.

Su madrina, doña Luisa Pastrana, ha mandado un pintor para que la retrate con su vestido de profesión. Se ha pasado casi toda la tarde en esto y ha quedado muy bien dibujado. El pintor se ha llevado el lienzo y lo veremos cuando lo haya terminado. Esto de retratarse las monjas es novedad.

Sábado 30 de agosto de 1692. Día de Santa Rosa de Santa María, Virgen de Lima en el reino de Perú y patrona de la América

De cómo se desposó mi hermana Gertrudis de Santa Rosa con Jesucristo Nuestro Señor.

Desde hoy, mi hermana se llama Gertrudis de Santa Rosa. En estos días vio por última vez su casa, sus parientes y amigos y la ciudad. Aunque estuvo contenta, ella extrañaba el convento y esperaba este día con ansia. Arreglamos su hábito con mucho primor y agradeció a mi padre la toca bordada que le dio. Ella bordó en seda y chaquiras el vestido del Niño Dios que llevó y le quedó muy bien. Su corona de flores tiene armazón de alambre, y el aderezo se hizo de cera, papel y tela. Llegada la hora la ayudamos a vestirse, que aunque pudo haber sido con un traje común, quiso llevar el hábito de la orden de San Gerónimo y fue de la manera siguiente: primero su túnica de lana, luego el hábito de paño blanco cuyos puños llevan muchos botoncitos. Le ajustamos la correa de San Agustín y le pusimos el rosario de cuentas negras de quince misterios y encima de esto el escapulario. Se puso la toca blanca y sobre ésta la toca de terciopelo negro con bordados de plata. El manto también está cuajado de perlas y bordados, que también fue regalo de su madrina. Para terminar, colocó sobre su pecho el escudo con la imagen de los Cinco Señores. Cuando la vi enteramente vestida empecé a llorar, y aunque ella trataba de consolarme yo no me podía contener y tuve que salirme para no mortificarla más. Antonina me dio un té de tila y me recompuse porque tenía que regresar para ver a Gertrudis con su corona, su palma, la vela y el Niñito Jesús.

El estruendo de unos cohetes nos anunció la hora de partir al convento. El acompañamiento estaba muy concurrido entre parientes, amigos y músicos, para dar el último paseo por las calles. Algunos vecinos daban monedas a Gertrudis y otros, la enhorabuena. Algunos limosneros le pidieron que rezara por ellos y así hasta que llegamos a la iglesia del convento.

En el altar mayor estaba fray Benito Torres, de la orden de Predicadores y que es amigo de mi padre. En una charola de plata estaba el hábito de Gertrudis que fray Benito bendijo y luego se fue a donde estaba ella postrada y la bendijo también. Le preguntó a mi hermana si iba por su voluntad y una vez que dijo sí, caminó Gertrudis a la portería y entró a una sala donde ya no pudimos verla. En esa sala le quitaron los ornamentos y las ropas con que salió de la casa, le cortaron el cabello y la vistieron con el hábito bendito. Los velos del coro bajo estaban alzados y pudimos ver a todas las monjas con los velos echados sobre sus caras, y pronto en medio de ellas apareció mi hermana. Fray Benito bendijo el velo, lo pasó por la cratícula y la abadesa se lo puso sobre la toca blanca. Luego Gertrudis arrodillóse para hacer los cuatro votos que lo son de obediencia, pobreza, castidad y clausura. Por la cratícula, el padre le puso el anillo para simbolizar su unión con el esposo amado. Las monjas entonaron varios himnos y una tocaba el órgano; al terminar todas cantaron el *Te Deum Laudamus* y con esto empezaron a salir del coro hacia el convento, de dos en dos; al último lo hicieron mi hermana y la abadesa. Y así fue como Gertrudis se desposó con Jesucristo Nuestro Señor.

Yo hice de tripas corazón para no llorar, pero Isabel no pudo y todo el camino de regreso a la casa se fue moqueando. Mi padre la riñó y la mandó callar, diciendo que aquello era para darnos gusto, pues mi hermana estaba lejos de las tentaciones del mundo, y la salvación de su alma se ponía en el mejor de los caminos, y que buena cosa sería si nosotras imitáramos su ejemplo.

¿Desposarme con Cristo? Sería la mayor dicha, pero yo no sería digna esposa. ¿Y para qué amarlo con tibieza si tengo puesta mi atención en las cosas del mundo? Esa sería mi primera duda. Aunque todas las mujeres de mi clase y condición podemos hacerlo, yo no he creído que sea vida para mí. No me animo a quedarme enclaustrada para no ver más las maravillas que han visto mis ojos. ¿Cómo podría privarme de ver las anchas calles de la ciudad de México, de ver sus palacios rojos y blancos, de ver las muchas y hermosas iglesias, de ver los magueyes de Mixcoac, de ver las huertas de San Cosme, Tacubaya y San Ángel? Hay muchas cosas que quiero hacer y ver, porque siempre me ha parecido que mi casa es mayor cosa que los muros que la forman, que es tan grande que un día voy a abrir una puerta y voy a ver el mar y la nao de China, que voy a abrir otra y estará un caballo alado listo para llevarme al cielo, y al día que le sigue estará la nieve fría que me entumirá las manos, y por otra, para más, que entren virreyes, arzobispos, procesiones y otros sueños que quiero ver. Pero las puertas de los conventos no me gustan.

Lunes 1° de septiembre de 1692

A esta hora de la tarde está como anocheciendo de tan nublado, las nubes se ven negras y siempre que se pone así el cielo le rogamos a Dios, a San Gregorio Taumaturgo, a la Virgen de los Remedios y a la Virgen de Guadalupe que contengan la demasiada lluvia porque siempre estamos en peligro de tener que salir en canoas de nuestras casas. Aunque el año pasado sucedió en algunos puntos de la ciudad, dicen que ninguna será como la que ocurrió en el año de 1629. Aunque mi padre no había nacido, sus padres le contaron de las penas que pasaron ese año. Mis abuelos tenían poco de haberse avecindado en esta ciudad; les pareció cosa singular estuviera en una isla. En septiembre de ese año llovió durante dos días y el agua tardó en irse dos años. Mi abuela lloraba por todas las cosas que habían perdido y quería volverse a España. Como mi abuelo no quisiera irse, ella le suplicaba se fueran a Coyoacán o a Texcoco, o a cualquier otro lugar donde no tuvieran que vivir así. Sus dos hijos, que eran muy pequeños, murieron por el frío y la humedad dos meses después. Dice mi padre que muchos se fueron a vivir fuera, y que algunos españoles pidieron al rey que se cambiara la ciudad a otro lugar, por estar este punto siempre en riesgo de ser invadido por las aguas de las lagunas. No ocurrió así, puesto que estoy escribiendo esto. El virrey mandó abrieran un tajo en Huehuetoca para que por allí salieran las aguas que anegaban la ciudad, pero dice mi padre que bien poco ha servido, por ser mucha el agua que hay que sacar y ser poco lo que por allí puede salir.

Ha comenzado a llover muy fuerte, el cielo está cargado de agua. ¡Dios nos ampare!

Viernes 5 de septiembre de 1692

Hoy, mientras esperaba a Antonina para ir a misa, me entré al taller de la librería que está en los bajos de mi casa. Me llegué hasta la prensa donde estaba el maestro Enrique Fontes retirando unos pliegos de la prensa. Quedéme viendo el trabajo que hacía con mucha diligencia, y de esto lo que más me conmovió fue la reverencia con que sujetaba el papel de lo que en corto tiempo sería un libro y leía la tinta recién convertida en letras. Refunfuñaba y lo oí decir: ¡Necios! ¡Bellacos! ¡Como no nació en Castilla y no estudió en Salamanca, poco caso le van a hacer a don Ambrosio de Lima y Escalada! Entonces me atreví a hablar y le pregunté por qué decía aquello. El maestro Enrique, que no me había visto, aguzó sus ojos verdes y cuando me reconoció me respondió que en aquel libro que estaba imprimiendo para el doctor, don Ambrosio explicaba lo conveniente y beneficioso que era para el reino el cultivo del trigo blanquillo, porque era más fácil cultivarlo y se avenía mejor al clima de esta tierra, y con ello se daría buen remedio a la falta de trigo que traía hambre y desgracia. Don Enrique, que sabe todo lo que sucede por allí y conoce muy bien el natural de los hombres, me dijo que era una pena muy grande darse cuenta de las ingratitudes de nuestra patria, donde los criollos parecemos extraños, donde se cobija a los forajidos y la estulticia tiene por trono la cabeza de los que nos gobiernan. Que en la Nueva España las riquezas se dan a los delincuentes y se esquilma como al árbol sus ramas al que trabaja honradamente. Estas y otras linduras me dijo, y para acabar, remató: "Pero todo esto no lo digo yo, pues hace casi cien años lo escribió así don Baltazar Dorantes de Carranza y otros hijos de no pocos sesos que ha parido esta tierra. Para nuestra desventura, los años pasan y los que llevan esta nave de continuo pierden el timón, ocupados en tonterías, y se olvidan del pueblo que Dios y el destino les dio en suerte, para ser conducido a puerto seguro. Y aunque pasa el tiempo sin que parezca cambien las cosas, ha de llegar el día en que Dios, por voz del pueblo, haga ver a sus gobernantes lo que conviene mejor a la patria y bien de sus hijos." Estúveme otro rato en esta y otras conversaciones con el maestro Enrique, cuando ya me buscaba desesperada Antonina. Como el maestro Enrique me viera compungida por todo aquello que dijo, mudó el semblante y comenzó a gracejar con lo que me reí mucho.

Más tarde, Isabel me reconvino y me dijo que no debía entrar a la librería, porque allí se decían mil picardías y denuestos, y aunque no me pareció esto, no la contradije, porque mucho me gusta escuchar lo que dice el maestro Fontes, pues me parece está bien dicho.

Lunes 8 de septiembre de 1692. Día de la Natividad de Nuestra Señora

Fuimos a misa a la catedral. Esta tarde mi padre nos dijo que como ya terminan las lluvias, se irá a los reales de minas a vender todo lo que ha comprado de las flotas que han venido. Se llevará a un hermano de Tomé, que es un negro liberto que se llama Andrés. Recomendó a mi hermana no dé lugar a chismes con sus muchos achaques y a mí me pidió recato y prudencia y que las dos cuidemos nuestro honor y el suyo, y que a su regreso trataríamos de mi boda con Mateo.

Martes 9 de septiembre de 1692

He dormido poco anoche por el desasosiego que me causó la que me dijo mi padre. No quiero casarme con Mateo y no sé qué hacer. No me atrevo a contrariar a mi padre y debo obedecerlo, pero me aflige mucho tener que hacerlo.

Martes 16 de septiembre de 1692

Hoy hemos comido tortillas, porque no hubo pan. Mi padre tiene casi todo listo y yo no encuentro consuelo. No quiero que se vaya sin que sepa de la pena que crece cada día que pasa. Cada vez que veo a Mateo, me siento más segura de que no quiero estar con él. No me gustan sus dientes podridos, ni sus manos sucias. No me gustan su manera de hablarme ni su displicencia. No me gustan sus ojos pequeños que siempre se asoman al escote de mi vestido. Yo no quiero a Mateo.

Miércoles 17 de septiembre de 1692

Hoy mi aflicción encontró alivio. Fui a ver a Gertrudis y le dije de mi pena. Ella me dijo que lo dejara en sus manos, pero que tendría que hacer lo que ella me dijera. Como mi padre irá a verla antes de partir, le dirá que me permita estar con ella en el convento para acompañarla mientras él está fuera. Que en el convento hallaré consuelo y Dios ha de socorrerme para que encuentre respuesta a mis dudas y con Su ayuda acepte el matrimonio que a mi padre parezca más conveniente.

Sábado 20 de septiembre de 1692

Hoy visitó mi padre a Gertrudis. Cuando volvió habló conmigo y me dijo que Gertrudis le había dicho de mis temores, que él no quería forzarme a tomar estado con Mateo, pero que en el convento entendería la conveniencia de hacerlo así o de pensar en tomar los hábitos, y de cualquier manera yo estaría mejor encerrada que en la casa y caer en alguna tentación que pudiera causar escándalo y nuestro deshonor. Me dijo que, como él debía irse, dejaba todo arreglado para que Isabel se encargara de las diligencias que debían hacerse, y que haría las cartas para que la abadesa me admitiese sin reparo.

Lunes 22 de septiembre de 1692

Hoy, de madrugada, salió mi padre con Andrés, varios arrieros y cuarenta mulas cargando la mercancía. Anoche le di una estampa de San Cristóbal y otra de San Miguel para que siempre lo acompañen en esos caminos tan peligrosos. Primero irán a Taxco y de allí a Zitácuaro y luego a Guadalajara, de donde saldrán a Zacatecas pasando por Aguascalientes. Para volverse a la ciudad de México, vendrán por el camino que pasa por Ojuelos, San Felipe, San Miguel y Querétaro. Antes de irse nos ha dado la bendición y nos ha encomendado especialmente que nos cuidemos.

Martes 30 de septiembre de 1692

Aunque entrar a un convento no es muy difícil, mi hermana Isabel ha tenido que ajustar lo de mis alimentos y las ropas que debo usar estando allí, ya que no permiten que uno vista como de diario lo hacemos en la casa. También ha comprado una cama y unos trastos. Yo he juntado las pocas cosas que me llevaré y que son: un guardapelo de mi madre, un devocionario, un rosario de cuentas de plata, papel y tinta para seguir escribiendo este diario y ropa blanca para la cama, ropilla, un rebozo y un delantal. Llevaré conmigo un pequeño lienzo de Santa Teresa y una almohadilla a la que faltan unos hilos que mañana iré a comprar al Parián.

En la tarde le pedí a Antonina que fuera conmigo a ver al maestro Enrique Fontes, y aunque me recordó que Isabel se enojaría, le rogué un poco más y así lo hicimos. Yo sé que reprueban la amistad que he tenido con el maestro Fontes, pero siempre encuentro sabiduría y buen juicio en sus palabras y necesito de ellas. Y me parece que estas virtudes le son más grandes y especiales por la mucha experiencia que tiene por conocer el mundo y haberle dado Dios el don de hacerse entender en cualquier lengua.

Siendo mozo comprendió la lengua de los indios chichimecas de Coahuila; después, siendo marinero, unos piratas que lo atraparon en Campeche le perdonaron la vida por saber su lengua y la de los ingleses. Fue hasta Holanda, vio el incendio de Londres y en Portugal conoció a unos marineros italianos con los que fue hasta Grecia. En Egipto vio la esfinge y compartió las abluciones con los sarracenos. Después fue a África, donde estuvo en los ríos de diamantes del rey Salomón, y cuando se embarcó de nuevo llegó hasta el cabo de la Buena Esperanza donde se acaba la tierra. Pasados algunos meses de navegación, llegó a Goa y de allí a las Filipinas, donde pudo haber conocido a mi padre. Cuando se hizo a la vela en un barco que iba a Acapulco, una tormenta lo desvió a Guayaquil, y se fue con unos aventureros a cortar palo del Brasil y en la selva conoció a las amazonas que se cercenan un pecho para disparar sus mortales flechas.

Después de muchos años regresó a su tierra, donde su madre lo confundió con un mulato de tan quemado por el sol, y fue sólo por sus ojos verdes que lo reconoció.

Isabel me ha prohibido hablarle, porque dice que el maestro Fontes escuchó tanto el canto de las sirenas del mar, que su voz tiene algo de ese canto que seduce y enloquece. Me parece que exagera y le tiene miedo.

Cuando lo vi, sólo atiné a decirle que me iba por un tiempo al convento de San Gerónimo y deseaba despedirme de él. Adivinó que no estaba mi alma tranquila y me dijo esto: que la vida toda era un camino, una navegación, que no importaba cuán devastadoras fueran las tormentas o cuán empinados fueran los caminos, con fe y buen ánimo se sale mejor de la peor adversidad, que el sufrimiento es mejor tomarlo con alegría y así no se ve tan negro nuestro destino. Luego, me dio su bendición y puso en mis manos una medalla de plata con la Virgen de Guadalupe. Mucho bien me han hecho sus palabras.

Miércoles 1° de octubre de 1692

Dicen que hay epidemia de sarampión en Puebla, que ha muerto gran cantidad de niños; aquí hubo rogativas y novenarios por la salud común y en la tarde hubo procesión de sangre. Isabel y yo la vimos, porque algunos penitentes salieron de San Agustín. Unos iban con coronas de espinas y otros se flagelaban la carne desnuda. El llanto y los lamentos nos causaron mucha piedad. ¡Que Dios escuche nuestros ruegos y quiera alejar de nosotros la enfermedad!

Hoy estuvo Nuestra Señora de los Remedios en la catedral. Isabel, Antonina y yo fuimos a misa y a pedirle por nuestras necesidades. Luego fuimos al Parián a comprar los hilos. Al pasar por la plaza mayor vimos que aún no han dejado poner los cajones de tejamanil porque sigue la prohibición, y aunque el pulque con raíz también está prohibido, vimos cómo lo vendían en una trastienda. Isabel quiso ir al portal de las flores, donde habló con una india que le dijo que ella le quitaría las dolencias que tiene pero debía comprarle unas cosas, llevarlas a su casa en el barrio de San Pablo, para curarlas, y luego ella iría a la casa para hacerle la limpia. Isabel lo dejó concertado y fuimos a comprar lo que le dijo y de allí nos fuimos a la casa. Isabel sacó de un baúl un pedazo de tela blanca y unos cordones rojos y puso esto y las hierbas que compró en una canasta y le encargó a Antonina las llevara en la tarde a la casa de la india en el barrio de San Pablo. Yo le pedí a Isabel me dejara ir con Antonina, a lo que me dijo que no. Como yo insistiera me dijo que sólo que me pusiera otras ropas y me ocultara el rostro. Así lo hice y nos fuimos al barrio de San Pablo, a donde tenía algunos años de no ir. Mi deseo de ir se debió a dos motivos: porque quería ver la choza de la india y porque quería ver la casa del judío.

Caminamos hasta la parroquia de San Miguel y luego por la calle de la Garrapata hasta la plazuela de los Pelos. Antonina preguntó en su lengua a otra india por la mujer de las hierbas y la india le señaló unas casuchas de adobe, donde nos metimos a un laberinto de tapias y muros hasta que dimos en un huertecillo donde había una parvada de guajolotes y unos indiecillos desnudos jugando con la tierra. Antonina me jaló y entramos a una cocina de humo muy oscura por no tener ventanas. De un rincón vino una voz que habló en la lengua de los indios y Antonina dejó el bulto de las hierbas sobre una mesilla donde había muchas otras. En las paredes, colgadas de redes o en atados, había otras muchas hierbas, pieles de animales del cerro, chupamirtos y sapos secos, piedras de alumbre, huesos que no supe si eran de animales o de ahorcados, guajes con polvos rojos y amarillos, un murciélago y una lechuza secos, y así otras cosas que no supe qué eran y que apenas se iluminaban con la débil luz de una vela de sebo y del fogón donde se cocía algo que olía a orégano y romero. Antonina me empujó para que saliéramos y dimos las buenas tardes. Afuera, el sol me deslumbró y me sentí mareada. Le pregunté a Antonina por lo que habían hablado ella y la india de la choza, y sólo me dijo que mañana la india irá a limpiar a Isabel porque alguien le está haciendo daño y que los remedios que dan los médicos no sirven y que sus hierbas y rezos son buenos para que el mal salga del cuerpo.

En el barrio de San Pablo viven los indios y muchos mestizos y algunos españoles, todas las casas son de adobe o de tablas o de otates con lodo, menos una que es la casa del judío que está en la calle del Cacahuatal. El judío hizo una casa muy hermosa, blanca, con ventanas y aderezos moriscos como dicen que son las casas en Sevilla y en Toledo donde vivían los judíos y los moros. El judío que hizo esta casa se llamaba don Tomás Treviño de Sobremonte y era muy rico. Como ahora hace mi padre, comerciaba con sedas, damascos y porcelana de China, marfiles tallados de Filipinas, alfombras de Persia y muchas otras cosas que llegan a Acapulco en la nao de China; luego puso una tienda en Guadalajara donde practicaba la ley de Moisés. Unos vecinos se dieron cuenta y lo denunciaron a la Inquisición, y pronto sus hijos corrieron la misma suerte. Don Tomás no se arrepintió y prefirió morir antes que retractarse de su fe, por lo que fue condenado a morir en la hoguera. Dicen que cuando estaban para quemarlo vivo, gritó: "¡Echen más leña, que mi dinero me cuesta!", porque en éste como en otros casos la Inquisición secuestró sus bienes para pagar lo gastos del juicio y su manutención en la cárcel. Ahora la casa está abandonada, los techos se han caído y las vigas se pudren poco a poco. Nadie entra, ni los indios, porque dicen que el ánima de don Tomás pena durante las noches entre las ruinas de la que fue su casa.

Jueves 2 de octubre de 1692

De cómo la india Petra Santoyo le hizo una limpia a mi hermana Isabel, para curar sus males.

Hoy, temprano, vino la india del barrio de San Pablo, que ahora sé se llama Petra Santoyo. Traía el bulto que ayer le dejamos

Antonina y yo, y también una gallina negra. Se metió a la cocina y en una olla puso una parte de las hierbas con agua que hirvió un rato. Tomó el lienzo blanco, lo metió en la olla y le dijo a Dominga que lo llevara al cuarto de Isabel. Ella tomó un cuchillo y un huevo y fuimos al cuarto de Isabel, que la esperaba en ropa de dormir en la cama. Del bulto sacó una botella de chinguirito, un ramo de romero y palma benditos que roció con el chinguirito, y comenzó a rezar y a pasar el ramo por las diferentes partes del cuerpo de Isabel. Le iba dando golpes en las coyunturas y en el vientre. Luego hizo lo mismo con el huevo que envolvió en un pedazo de la tela, y cuando terminó hizo lo mismo pero ahora con la gallina que tenía amarradas las patas y las alas. Sacó el lienzo de la olla, lo puso sobre el cuerpo de Isabel, la envolvió en una manta de lana gruesa y le tapó la cabeza con un paño. Luego puso el ramo en un braserillo, se echó un trago de chinguirito lo roció sobre el ramo y otra parte a la gallina, le prendió fuego al ramo, tomó el cuchillo, degolló a la gallina y la sangre escurrió en un plato que ya tenía listo. Dijo unas jaculatorias en su lengua y le dijo a mi hermana que el daño se lo estaba haciendo un hombre que la quería para él y que quería vencer su voluntad y hacerla débil para poderla tener. Con esto recogió todo, fue a la cocina, tiró todo y nos dijo que no tocáramos aquello. A Isabel le dio unos tragos de la infusión que estaba en la olla y le dijo que no saliera de la cama todo el día, y se fue. Isabel estaba sudando y así se quedó todo el día.

En la tarde vino Mateo. Yo estaba sola en la sala del estrado leyendo la *Instrucción de la mujer cristiana*, cuando llegó. Me dijo que hacía muy bien en leer aquello, que me iba a ser de utilidad para ser una buena hija y una esposa dócil, y que le da-

ba mucho contento que fuera a irme con Gertrudis al convento de San Gerónimo porque mi virtud estaría bien guardada,
sobre todo ahora que no había un hombre de respeto en la casa.
Que él hubiera querido casarse ya conmigo, pero que debía
respetar los lutos de mi madre y mi hermano y además estaba
bien así porque iba a hacer unas diligencias a Jalapa y luego a
Veracruz y se iba a ganar unos dineros haciendo aquello que
le mandaban. Le respondí que estaba acostumbrada a que mi
padre se fuera, y en los meses que faltaba, en mi casa mi madre,
mis hermanas y yo vivíamos honestamente y sin poner en
entredicho nuestra virtud, que yo me iba al convento porque
así era mi voluntad y no por guardarme de faltar a mi honor.
Con esto, Mateo me reconvino y me dijo que no le contestara
así, que moderara mi carácter porque así iba a ser difícil la vida con él y era mejor que no lo obligara a pedir a mi padre
que corrigiera mi manera de hablarle. Dominga sirvió el chocolate y con esto le volvió el contento a Mateo. Estaba dando
el último trago a su chocolate cuando preguntó por Isabel, a
lo que contesté que estaba en su cuarto porque estaba enferma,
y con disimulo y no poca malicia me dijo le habían dicho que
habían visto a la india Petra Santoyo entrar a la casa, y como
yo no pude negar aquello le dije que era cierto y que la había
curado de sus males. Mateo se levantó de su asiento y dando
grandes voces y pasos dijo que aquello no estaba bien, que
aquellas eran idolatrías y supercherías que estaban contra la fe
y la buena ciencia de los doctores que mucho estudiaban en la
universidad, y sería bueno que lo supiera mi padre para que
pusiera remedio a las faltas de mi hermana y nos cuidásemos
de volverlo a hacer porque no estaba bien. Como aquello no
me gustara no pude quedarme callada y le dije que no se preo-

cupara porque mi padre lo supiera, pues yo misma se lo diría, y que mi hermana buscaba el remedio a su dolor porque ningún médico la había podido curar, y que los indios sabían mucho de las hierbas que daba esta tierra, porque en ella habían estado por muchos años antes que nosotros y las conocían bien y cuando vivían en la gentilidad tenían buenos médicos y habían enseñado a los españoles lo que sus abuelos les dijeron de las plantas que eran buenas y de las que causaban daño, pero que ahora los médicos no hacían caso de ello porque creen que lo que aquí se da no es bueno y sólo lo de España lo es. Y que en tanto él no fuera casado conmigo no podía mandarnos nada porque mi padre, aunque lejos, estaba vivo y era la autoridad de nuestra casa. Mateo me veía asombrado, y sólo dijo que tenía mucha lengua para decir barbaridades y no sabía de dónde sacaba aquello y se largó. Cuando iba por las escaleras le contesté que yo sacaba aquello de donde él también lo hacía, o sea, de los libros.

Después de las oraciones de la noche, cuando Isabel y yo nos quedamos solas, le pregunté si eran ciertas las palabras de Petra Santoyo. Llorando me dijo que eran verdad, que un hombre que vive en el callejón de la Cazuela y que conoció en casa de su suegro, la había requerido en amores, y que ella se sintió inclinada hacia él, pero luego supo que era casado y su mujer estaba loca y la tenían unos parientes en una hacienda de Texcoco, y que como ella tuviera ya tiempo sin marido, sintió la tentación de favorecerlo. Que pasaron algunos días y se dio cuenta de su desatino y de cómo el fulano no dijo nada de estar casado, y le entró una gran mortificación y pensaba mucho en las faltas que estaba cometiendo contra su marido muerto y la pobre mujer que estaba lejos de su marido, y esto le había causado muchas dolencias en el vientre y quería ponerle remedio.

Lunes, 13 de octubre de 1692

Un criado de doña Luisa Pastrana trajo el retrato de Gertrudis vestida con todos los aderezos del día de la profesión. Es cosa que hay que ver.

Miércoles 15 de octubre de 1692. Día de Santa Teresa de Jesús

Después que quedó todo ajustado, me entré en el convento de San Gerónimo. Isabel me entregó a la abadesa y Gertrudis y mi tía sor Luisa de Santa Águeda me recibieron. Llegué a las tres de la tarde cuando monjas, sirvientas, niñas y demás mujeres hacían diferentes labores. La abadesa encargó a mi tía me instruyera sobre los horarios y las cosas que debía hacer y obedecer mientras viviera en el convento. Me llevaron por un corredor donde las sirvientas iban y venían llevando ropa o canastos llenos de frutas y otras cosas, luego pasamos a otro patio que llamó mucho mi atención: era como un ciudad pequeña, con unas casitas que tenían balcón con macetas y jaulas con pájaros. Nos metimos entre unas pequeñas callejuelas embaldosadas donde corrían los gatos y algunos perros. En los balconcitos se veían monjas bordando en alegre plática con otras mujeres que hacían lo mismo y que también viven el convento. Ya me había dicho mi padre que vivir aquí no era para estar triste, porque nada faltaba, se comía bien, la vida era muy regalada y se estaba muy a gusto.

Llegamos a una puerta donde estaba Teresa San Pedro esperándonos, tomó las cosas que llevaba y se adelantó. En la parte de abajo hay una cocina y una salita y en otro rincón el catre de Teresa; subimos por unas escaleras estrechas y arriba están dos celdas, una de mi tía y la otra de Gertrudis, y en ésta se hallaba ya dispuesta una pequeña cama para mí. Por unas escalerillas se puede subir a la azotea donde hay macetas y se ven los confines del valle.

Teresa acomodó mis cosas en un baulito en lo que mi tía me hablaba de mis quehaceres y obligaciones, que no son muchos porque Teresa barre, trapea, lava, plancha, y una sirvienta trae la comida. En eso se oyó una campanilla y mi hermana y mi tía se fueron a maitines. Yo me quedé con Teresa San Pedro, que no dejaba de hablar por el mucho gusto que le daba por estar yo con ellas. Le pregunté si le gustaba estar allí y me dijo que la vida era cómoda, no era para quejarse, pero había muchas cosas que extrañaba. Que estaba contenta porque no le pegan como lo hacían sus anteriores amos, y por eso no quería ponerse triste por no poder ir a las danzas y los fandangos de negros. Y me preguntó si estaba enojada por lo que aquel día que me mostró de la forma en que danzaba, y le dijo que ya no, que lo había estado porque yo nunca había visto aquello y me pareció que estaba mal, pero que ahora me parecía cosa graciosa. Le dije que si ella lo hacía no quedaba su virtud en entredicho y pasaba como una diversión que entre los negros tenían, pero que si yo hiciera tal cosa, mi padre me pegaría y me encerraría, a lo que respondió que era cosa triste que los españoles nos cuidáramos tanto de lo que decían los otros. Cuando vivía en Pachuca, dijo, su ama tenía un amante que entraba de noche a su casa, mientras que el marido dormía por el mucho aguardiente que tomaba, y el ama gozaba mucho de estar con el otro hombre, y nadie lo sabía más que ella y su ama la amenazaba diciéndole que si lo divulgaba le cortaría la lengua y le sacaría los ojos, y todos la tenían por una señora virtuosa y buena, y la gente se deja engañar con facilidad por lo que ve, sin saber lo que pasa en verdad. Y esto me dio qué pensar.

Después de un rato volvieron mi tía y Gertrudis y estuvieron en oración como una hora; mientras, estuve con Teresa pelando habas en la cocina.

Jueves 16 de octubre de 1692

Muy temprano, mucho antes de que amaneciera, una campanilla me despertó y vi que Gertrudis se levantó, se puso el velo, el escapulario, el rosario y el escudo, arregló su cama y se hincó a rezar; yo me quedé dormida otra vez hasta que me despertó y me dijo que se iba a misa y que me levantara para poner orden en mis cosas. Por la ventana vi que estaba amaneciendo, vestí la ropa que debía usar en adelante, arreglé mi cama y bajé a la cocina, donde Teresa estaba prendiendo el fogón. Sentí mucho frío y, aunque todas las celdas estaban muy juntas, me pareció que el viento se colaba por todas partes. Como Teresa me viera entumida, me dijo que en México estaba bueno el clima, porque era más frío Pachuca, y en Coatzacoalcos, donde también había estado, hacía mucho calor. Teresa habla mucho y siempre que lo hace me emboba con lo que dice, porque lo hace con gracia y porque se fija en muchas cosas que de común yo no veo. Me gusta lo que dice, porque me parece que le asiste la razón y, aunque es muy moza, son diversas las cosas que en suerte le ha tocado vivir y habla con mucha experiencia de la vida y de las partes del mundo que ha visto.

Lunes 20 de octubre de 1692

Desde ayer hubo mucho trabajo en las cocinas grandes del convento porque hoy fueron los años de la virreina. Hubo encargo del propio cocinero del virrey para los postres de la cena, que en este momento debe estarse sirviendo en el palacio real. Supe que la madre Juana Inés de la Cruz, estuvo también atareada con ciertos dulces y chocolates que hizo acompañar con unos versos dedicados a la virreina, y según dicen, son muy celebrados en la corte. Casi todos los conventos de monjas se ven en las mismas, porque en sus cocinas se hacen los variados dulces que tanto gustan a todos. Los de aquí se llaman calabazates, que hasta ahora pude probar porque mi tía me trajo uno de las cocinas, donde sólo pueden entrar las monjas y las sirvientas o esclavas que tienen permiso.

Nunca había visto tantas mujeres juntas, aquí viven muchas. Aunque sólo hay unas ochenta monjas, en el convento hay unas cuatrocientas mujeres o más por todas. Este crecido número se compone de las 80 monjas, 20 novicias, 120 sirvientas y esclavas, 60 niñas colegialas y 120 mujeres entre donadas, viudas, y las que llaman niñas, como yo, que estamos en edad de casarnos, y otras no tan mozas pero que no han tenido dote para profesar ni para casarse. Y esto lo saqué de estarlas contando cuando vamos a misa. Puede que no todos los números sean así, porque de algunas no sé bien qué son.

Teresa está enterada de que las celdas de al lado son del tamaño de la nuestra, porque hay otras muy chiquitas, y otras celdas grandes y muy aderezadas donde viven hasta tres monjas con sus criadas y esclavas y tienen balcones y hasta un patiecito con macetas y jaulas. Hay unas azoteas como la nuestra y otras celdas que tienen mirador con vidrieras. Aunque el convento tiene sus cocinas y despensas, más de la mitad de las monjas no hacen vida común con las demás, y esas otras comen juntas en el refectorio y preparan su comida en las cocinas. Todos los días las sirvientas van a la despensa por la ración que toca a cada monja de comida, que es comida muy sencilla, poca carne, pescado en salazón, pan, frutas, verduras y poco chocolate. Aquí acostumbran tomarlo unas tres veces, en mi casa lo tomábamos hasta cinco veces al día.

Lunes 3 de noviembre de 1692

El sábado fue día de Todos los Santos. Se sacaron las reliquias de la iglesia y se les hizo procesión dentro de los corredores del convento, que adornamos con flores y papel de china. Primero iba la imagen de San Gerónimo con uno de sus huesos en un relicario de oro y piedras; luego un dedo de San Felipe con su imagen; en tercer lugar la calavera de la cabeza de Santa Córdula, en una caja de vidrio y con una pequeña pintura de la santa. Por último, un trozo del velo de Santa Paula y un hueso de alguna de las once mil vírgenes. Todas estas y otras reliquias menores de santos y mártires, que no menciono aquí, tiene este convento.

El domingo fue la recordación de los Fieles Difuntos. Isabel vino a misa y al terminar le puso velas a mi madre y mis hermanitos muertos, que son tres por todos y murieron siendo muy pequeños. También me confesé, pero el padre no me dejó tomar la comunión hasta que no le pida perdón a Mateo. Le he mandado un billete para que venga mañana a las rejas y hablar con él.

Martes 4 de noviembre de 1692

Ha venido Mateo y me ha perdonado con gran arrogancia. Yo no quiero verlo otra vez, pero tampoco quiero guardar rencor en mi alma porque es de mucho daño hacerlo.

Jueves 4 de diciembre de 1692

No he escrito en días pasados por no haber nada notable que decir, más que la escasez de leña y carbón, y para no acabar con la poca que tenemos, comemos hierbas hervidas con un poco de sebo de carnero porque los pollos y las gallinas están muy caros. No hemos sufrido hambre porque hay conservas de frutas y calabazas de la huerta. Dios, que está muy atento a nuestros pecados, nos recordó su omnipotencia a la una de la mañana, cuando nos despertamos por un fuerte temblor que nos sacudió en nuestras camas. Después de rezar un rosario y ver que no había habido desgracia alguna, nos volvimos a la cama con gran susto.

Lunes 8 de diciembre de 1692. Día de la Limpia Concepción de Nuestra Señora

Hoy deben de haber recogido las manos y otros cuartos de los cuerpos de los ajusticiados que cortaron a los condenados y que este año fueron muchos por el motín.

Viernes 12 de diciembre de 1692. Día de Nuestra Señora de Guadalupe

El lunes pasado fue día de la Purísima Concepción y hubo procesión, y también hoy por ser día de Nuestra Señora de Guadalupe. Mi tía sor Luisa de Santa Águeda tiene unos pocos libros en su celda, y como sabe que me gustan me prestó uno y me dijo que leyera aquel libro con atención porque hablaba de mujeres virtuosas. Que nuestra alma debía ir en pos de la santidad y era bueno que leyese sobre esas mujeres que habían dedicado su alegría y sufrimientos a su divino esposo Nuestro Señor Jesucristo. Hoy mismo comencé a leerlo y fue una sorpresa ver el nombre del autor. El libro se titula *Parayso Occidental*, que escribió don Carlos de Sigüenza y Góngora, y trata del Real Convento de Jesús María de esta ciudad y las ilustres monjas que lo habitaron, pero lo que más me gustó fue encontrarme con un caballo alado en la primera página del libro, igual al que vi en la fuente del palacio real. Un guión que pasa por encima de él dice: *Sic itur ad astra*, que no entiendo qué significa y es una pena que no pueda preguntárselo al maestro Fontes. En la tarde vino Mateo y le pregunté y me dijo que quiere decir "Así se llega a los astros", y desde luego me preguntó qué era lo que leía y le dije lo que era, y aunque aprobó la lectura, como si yo necesitara de su aprobación, dijo que había otros autores mejores que don Carlos y decían mejor las cosas por ser españoles de la península, a lo que contesté que no dudaba que fueran personas doctas, pero me parecía bien leer los libros de un hombre nacido en la Nueva España, tierra que amaba y conocía bien. Otra vez Mateo se enojó y me echó un sermón sobre las ideas contrarias a las doctrinas de los sabios de Europa que tenía don Carlos y de mi perniciosa inclinación por las letras criollas. Esta vez no me enojé, ni respondí a su necedad viendo que no mudaría su parecer. Lo dejé terminar y lo escuché como quien oye a los perros en la lejanía ladrar. Vi su vaga figura por entre los velos de la reja y me alegré de estar lejos de él, me despedí contenta de que se fuera. Sin mal ánimo porque ya no me lastimaron sus palabras, porque ya no me importaba lo que decía.

Lunes 15 de diciembre de 1692

Vino Isabel a visitarnos y nos trajo unas golosinas que recibimos por el torno. Nos contó que fue a la bendición y dedicación de la nueva iglesia de San Agustín. Que el prior de San Agustín la invitó por estar ausente mi padre. La fiesta se hizo con mucho lucimiento y fueron el virrey y el arzobispo y por la noche hubo fuegos de artificio y luminarias. Para la procesión colgó el balcón con unos damascos y alfombras de China y por la noche puso luminarias en el balcón y la azotea. Ésa era una de las fiestas que yo hubiera querido ver.

Pregunté a Isabel sobre sus males y me dijo que ya se sentía mejor, había hablado con el fulano para decirle que por caridad de Dios la dejara en paz, y así lo había hecho. Me dio mucho contento que así fuera y le di gracias a Dios.

Martes 16 de diciembre de 1692

En un corredor del claustro grande del convento, las monjas han comenzado a poner un nacimiento que una monja española llama Belén. En la iglesia ya han puesto otro y lo han hecho con gran primor. Cada año hacen más figuras y por eso cada año va creciendo. Tiene muchos animales y pastorcillos de cartón y cera, fuentes de aguas claras, bosques de olorosas ramas de pino y otras muchas cosas que algunas monjas con habilísimas manos hacen para adorno de este hermoso nacimiento.

Aunque las labores y costuras son cosa corriente y común entre las mujeres, yo me siento muy poco inclinada a hacerlas. En el bordado las puntadas me quedan chuecas y remiendo mal mi ropa. Prefiero cortar papel para flores y pintar que tomar la aguja y el hilo. Mi tía Luisa me ha dicho que ponga más empeño en eso, porque me será útil y mejor será que lo haga porque debo empezar a bordar mi ajuar de casamiento, y que Mateo estará muy contento de que así lo haga. No hay duda que así sería, pero ella no sabe que yo no voy a casarme con él.

Viernes 26 de diciembre de 1692

Una de las cosas que más he extrañado, al estar aquí, son los paseos a la plaza mayor, en especial el de la Nochebuena. El año pasado hubo mucho concurso de gente, muchos puestos de comida y de chucherías. Extraño la catedral, el Parián, la plaza del Volador y también a toda la gente que va. Los indios con sus mecapales cargando cuanto pueden cargar, desde señoras que no quieren pisar las inmundicias del suelo hasta hermosos alcatraces de Iztacalco; los negros de medias y camisas rojas; los oidores de peluca y golilla; los estudiantes de la universidad con sus becas y sus chanzas; los chapetones presumidos; los graves señores capitulares de la catedral; los frailes gordos y brillosos de manteca, y los que están flacos de tanto ayuno y penitencia; los alabarderos y las mulas del virrey; y el gusto que me da ver los puestos de abundantes frutas de unas y de otras. Ya me parece que de tanto acordarme oigo y huelo todo lo que acude tan vivamente a mi cabeza.

Martes 6 de enero de 1693. La Epifanía del Señor

Todas las fiestas que se hacen en el convento son hermosas, y las de la Natividad de Nuestro Señor Jesucristo y su octava, el día primero del año, fueron especialmente bellas. Todo se hace con mucho comedimiento y todas las mujeres de este convento se esfuerzan porque se hagan con mucho lucimiento. Nuestra celda también ha sido aderezada y en la azotea tenemos flores de Nochebuena. Es como si las penas de todos se olvidaran y no hubiera hambre ni miedos ni rencores ni odios. Y todo se torna blanco como la luz del sol de estos días y se mira transparente como el cielo que nos deja ver los cerros y los volcanes nevados. Y aunque la boca me sabe a dulce, muy pronto todo esta música y estas mieles se acabarán.

Jueves 5 de febrero de 1693. Día de San Felipe de Jesús

De cómo conocí a la madre sor Juana Inés de la Cruz, orgullo de nuestro sexo, asombro de nuestro tiempo y poetisa única de nuestra patria.

Hoy vino Isabel. Me regaló un hermosísimo abanico con varillas de concha nácar. Ahora sólo falta que me inviten a un sarao para poder lucirlo.

Muchas veces vi a la madre Sor Juana tocando el laúd y cantando los villancicos que escribe y ha escrito para las fiestas de santos y santas en el convento. Muchas veces la vi recibiendo las cargas de trigo, piloncillo, chocolate, pescado y otras cosas para disponerlas en las alacenas y cocina del convento, así como también hablando con el alarife o maestro de arquitectura que dibuja las obras y reparaciones que se hacen en las celdas. También la vi midiendo y dividiendo los lienzos que tocan a cada monja en el año. Casi nunca la vi haciendo labores con otras monjas, tampoco la vi en las continuas tertulias que hacen monjas, niñas, sirvientas y esclavas mientras bordan. La vi ir a la iglesia lo preciso, pues no es una beata; la vi cocinar unas cuantas veces, pues no gusta de estar mucho entre cazuelas; nunca la vi llevar un bordado y no me parece que se mortifique como otras monjas que de continuo llevan cilicios bajo el hábito. Muchas veces la vi caminar a las rejas para conversar con ilustres visitantes entre los que estaban los virreyes, y también, en las noches en que yo no podía dormir y me asomaba a la ventana para ver las estrellas, vi luz en su celda. Todo esto lo veía yo porque, aunque su fama es muy conocida, ella se cuida de andar por allí cultivando la vanidad o el chisme. Sor Juana ocupa la mayor parte de su tiempo en la lectura de sus numerosos libros y escribiendo y cumpliendo con su obligación de contadora del convento. Habla lo necesario con las monjas o las demás mujeres, y nunca había hablado conmigo.

Una tarde de febrero mi tía sor Luisa me llamó y me dijo que la madre Juana Inés de la Cruz necesitaba alguien que la ayudara a tener orden y limpieza en los libros y papeles de cuentas del convento, pues sor Matiana de Santa Rita, su ayuda, se había enfermado y estaba indispuesta; otra monja se ofreció a ayudarla pero no entendió cómo estaban los libros y los revolvió y prefirió volver a la lavandería. Que entre las monjas jóvenes unas le temían, como mi hermana Gertrudis, y a las otras les faltaba voluntad, pues le madre Juan Inés es severa y exigente y además quería a alguien que tuviera buena letra. Mi tía habló con Gertrudis y entre ambas pensaron que yo podría ir a ayudarla. Primero me causó mucho contento, después me mortifiqué porque no sé si mi letra le guste y si voy a ser capaz de serle útil, pero sólo presentándome ante ella y sirviéndole podía disipar estas dudas.

Ese día la busqué en el cuarto donde están los libros de la contaduría y el arca de las tres llaves del convento, junto a la oficina de la madre abadesa. Estaba sola, escribía de pie sobre una escribanía grande en unos folios, y temiendo interrumpir su tarea me quedé parada en la puerta, desde donde la contemplé. Escribía rápidamente y sus trazos eran seguros, no como los de otras monjas que garabatean con dificultad su nombre, y qué decir de las demás mujeres que viven en el convento, muchas sólo saben escribir su nombre y leen con dificultad. Es delgada y tiene un perfil hermoso, aunque su cara está surcada por la edad, pues ya no es joven, según sé tiene poco más de cuarenta años. El hábito no lleva adornos como los de otras monjas, pero no los necesita porque su belleza toda sale de sus manos y su rostro, y antes bien la sobriedad de éste pone acento en sus ojos llenos de palabras. No son los ojos llenos de tedio que he visto en muchas monjas ni llenos de morbo ni codicia ni rabia.

Cuando terminó, echó sobre la tinta el secante y cerró el legajo, levantó la vista y con un gesto me indicó que pasara. Su voz suave y melodiosa se dejó escuchar, y con tono firme me instruyó en las tareas que debía hacer y me dijo que si no estaba contenta o no me parecía podía irme, porque no quería nada hecho de mala gana. Me dijo que copiara en un pedazo de papel las líneas de un libro, y cuando lo terminé me dijo que le parecía bien. Me explicó la manera en que están arreglados los legajos, dónde están los recibos, dónde los contratos, dónde están los libros de cuentas de gastos y dónde lo que se debe. Quiere que la ayude los lunes y los miércoles y todos los días de la semana de cada principio de mes, cuando viene a revisar las cuentas el mayordomo don Mateo Ortiz. Me encargó que procure llegar antes que ella para revisar que todo esté en su sitio. Cuando terminó me dio permiso de irme. Empiezo el lunes que viene, si Dios me lo permite.

Lunes 16 de febrero de 1693

Llegué a la celda de los libros de contaduría y lo primero que hice fue revisar que las plumas estuvieran limpias y con buen filo, abrí los frascos de tinta y vi que hubiera papel suficiente en la papelera; como todo me pareció que estaba limpio y bien dispuesto, esperé a la madre Juana Inés sentada en poyo de la ventana. Luego que entró, me dijo le diera los recibos de la semana anterior y el libro de los gastos, y se puso a trabajar en ellos. Así pasó todo el rato, pidiéndome papeles, enseñándome el orden de ellos y cómo debía conservarse éste. Me dio unos legajos para rotular, con el nombre del libro y la fecha, y así hasta que terminamos. Como considera que soy capaz de ayudarle, me ha llevado con la madre abadesa y le ha pedido permiso para que la ayude en tanto no haya una monja que quiera hacerlo, o su ayudante remedie sus achaques. La madre abadesa ha dado el permiso y yo le he dado las gracias.

Sábado 28 de febrero de 1693

Hoy vino Isabel a vernos y nos trajo carta de mi padre, donde dice que enfermó de unas fiebres cuando volvía a la ciudad de México, pero que ya viene en camino. Isabel nos dijo que ella ya se sentía bien y el dolor no había vuelto a molestarla, pero Gertrudis y yo la notamos como triste y le dijimos que viniera cada tercer día, porque no nos está permitido bajar a diario a las rejas, para que tuviera más distracciones.

Viernes 7 de marzo de 1693

Desde que le ayudo a la madre Juana Inés, he notado que algunas de las mujeres me saludan mejor y con más amabilidad, en cambio hay otras que se han tornado chocantes conmigo. Le pregunté a mí tía la razón y me contestó que la madre Juana Inés gozaba del aprecio de muchas monjas, pero también sufría el desprecio de muchas otras; algunas la critican por lo que hace y están de acuerdo con el arzobispo don Francisco de Aguiar y Seixas en que debe escribir menos y rezar más. Y que algunas me saludan no tanto por simpatía sino con algún interés, y otras están malmodosas porque no pueden ver el bien ajeno. Me dio ánimos y me dijo le rezara a Santo Tomás para callar las maledicencias, porque andan diciendo que ahora tengo mucha plática con la madre Juana Inés y pronto me sentiré contadora y poetisa. Esas palabras me dieron tristeza porque son falsas. Aprendo de la madre Juana Inés lo que buenamente me enseña y de lo que yo veo en los libros, pero eso no me hace contadora, y aunque la madre habla algunas veces en verso porque le es natural, estoy lejos de aprender algo que para mí es muy difícil. Me basta con leerlos. La madre Juana Inés no platica, porque se dedica enteramente a su trabajo, el cual termina para retirarse a su celda o ir al coro o a las rejas, y aunque voy sintiendo su aprecio es sólo una consideración por mi trabajo. No quiero envanecerme, pues detesto la jactancia, y seguiré haciendo mis labores con la mayor diligencia.

Jueves 19 de marzo de 1693. Santo y día del Señor San José

Las monjas hicieron siete capillas, arregladas con cuidado y primor, y hemos hecho las visitas; también hubo función especial por ser día de San José. Mañana haremos las estaciones del *Via Crucis* en los corredores del convento. Aunque todo lo hacen con el mayor esmero, extraño caminar por las anchas calles de la ciudad de México para ir a sus muchas y muy hermosas iglesias. También extraño la ida a las capillas del Calvario; estos son los sacrificios de la enclaustración.

Sábado 4 de abril de 1693. Día de San Isidoro de Sevilla, doctor de la Iglesia

No he escrito en este diario por haberme enfermado. El domingo de Pascua no pude levantarme de la cama. No sé si fue la comida del sábado de Gloria o el mucho calor que hace lo que me provocó un gran dolor de estómago y luego repetidas e intensas seguidillas. El lunes de Pascua fui a ayudarle a la madre Juana Inés, aunque tuve que salir de la contaduría para ir a los retretes, y ella prefirió que me regresara a mi celda, lo que hice con mucha debilidad y temblor de cuerpo. Gertrudis y mi tía me regañaron por mi imprudencia y ya no me dejaron salir esa semana. Teresa ha estado junto a mí, cuidándome y dándome de comer. Antonina me trae aguamiel todos los días y otros remedios y con estos me he sentido mejor, aunque enflaqué mucho. La semana pasada mi tía Luisa me platicó que llegó el segundo tomo de las obras de la madre Juan Inés que su amiga, la marquesa de la Laguna, hizo imprimir en Sevilla, pero que no se le ha visto tan contenta como cuando recibió el primer tomo hace dos años. Mi tía dice que hay un corrillo de monjas que se dedica a fastidiarla y hacer eco de lo que el arzobispo quiere para la madre Juana Inés: que se dedique a los rezos, deje de escribir y abandone sus libros. También ha venido muy seguido a confesarla el padre Antonio Núñez de Miranda, que ha sido desde hace muchos años su confesor, pero del cual estaba alejada hacía algunos años. Que dicen que es una mujer soberbia y en el tomo segundo de sus obras hay cosas que no gustaron a los prelados de México.

El lunes, cuando pude ir a ayudarle como lo venía haciendo, la vi como siempre: dedicada a su trabajo y sin turbación alguna. Otra vez vi en sus ojos esa mirada llena de pensamientos, pero no vi angustia, ni temor. En esto cavilaba por la tarde, cuando Teresa vino y, como si me adivinara el pensamiento, me dijo que la madre Juana Inés era fuerte como los esclavos, lo que de pronto me pareció un desatino, pero luego me explicó por qué. Y dijo que los esclavos sufrían incontables calamidades. Habían sido arrancados del lugar en que vivían en África y luego de ser atados con cadenas los habían puesto en un barco, donde apenas comían y bebían lo que los negreros les aventaban y en tanto pasaban días y noches todos sucios entre sus inmundicias y las de los otros, unas veces ahogándose de calor, otras veces muriéndose de frío. Al llegar a su destino era rematados en un mercado, los hombres tocando a las mujeres en sus partes y examinándolas más que a un caballo, y luego de eso, entregados a sus amos para padecer una cadena de ignominias que era mejor no platicarme. Los golpean, los amenazan, les infligen toda suerte de vejaciones en el cuerpo y en el alma. Cuando han pasado durante años por todo esto, a algunos se les vuelve el corazón duro y se llenan de amargura; otros, siguen viviendo como buenamente Dios se los permite. Aunque unos se vuelven mansos, otros no se resignan a los golpes, pero si los han de recibir lo hacen de buen ánimo, sin miedo ponen el cuero duro para soportar el dolor, y saben que su vida es así y seguirá siendo así. Dijo Teresa que la madre Juana Inés de la Cruz ha sufrido mucho, pero también ha aprendido de ese dolor. Que espera el golpe poniendo la cara, pero haciéndose a la idea de que lo peor ya ha pasado, y que las heridas se curan más rápido. Que hay esclavos que no aguantan y se huyen a los montes, pero al final el cuerpo ha de quebrarse aunque no la voluntad, y no se quiebra porque, como la madre, no se avergüenzan de lo que son y han sido. Que a la madre Juana Inés podrán atormentarla incansablemente, pero es tan fuerte que no cederá sino ante la llegada de la muerte. Yo creo que Teresa tiene razón.

Miércoles 8 de abril de 1693

Hoy, cuando me presenté en la contaduría, ya me estaba esperando la madre Juana Inés para decirme que aquella era la última vez que la ayudaba. Cuando pensé que no estaba conforme con mi trabajo, pronto me hizo ver la causa. Me dijo que la madre abadesa le había pedido que tuviera por ayudante a una de las monjas, porque algunas se habían quejado por hacerse de mi ayuda, lo que consideraban incorrecto. Yo me sentí tan mal por eso que me decía, que las lágrimas acudieron a mis ojos, pero la madre tomó mi mano y me dijo que aquello no era motivo de mortificación, estaba muy agradecida con mi ayuda y sobre todo con mi discreción y cuidado en lo tocante a las cuentas y papeles del convento. Que veía que era de confiar. Que no me apenaran esas habladurías, pero era menester obedecer a la madre priora, y me ofrecía su amistad si en algo me servía. Le agradecí y me fui a llorar al patio de los gatos, que me veían con sus brillantes ojos de mediodía.

Sábado 19 de abril de 1693

Pasados unos días, dejé la aflicción y me dediqué más a la distracción. Desde la semana pasada voy a ver a Brígida López, que es una de las cocineras del convento. La conocí porque ayuda a la madre Juana Inés a contar y pesar lo que está en la despensa, y como nos hemos llevado bien, me deja entrar con ella a la cocina. Hoy, mientras ella bullía la cazuela del pipián y yo pelaba unas almendras para unos postres que encargaron,

Brígida empezó a llorar. Cuando le pregunté la causa de sus lágrimas, no me quiso decir, pero como yo insistiera me miró y empezó a contarme. Que siempre que guisaba pipián, se acordaba de su marido porque a él le gustaba mucho. Le pregunté con sorpresa si era casada y dónde estaba su marido, y me dijo que la había abandonado porque él creía que lo embrujaba con sus guisos. Que a ella le gustaba mucho cocinar para que él estuviera contento porque tenía el humor negro. Que después de comer él estaba de buenas y a ella le gustaba verlo así. Con el tiempo él empezó a recriminarla, a acusarla de querer envenenarlo y hacerle daño. Le daba muy poco dinero para el gasto y a ella sólo le alcanzaba para frijoles y tortillas, y aún esto lo ponía furioso porque al entrar a la cocina se ponía blando, y a la vez se enojaba más y más por sentir aquello. Ella se enteró que él tenía unos amigos que lo malaconsejaban diciéndole que las mujeres ponían porquerías en la comida para amansar a los hombres y él lo creía, porque cada vez que comía lo que ella cocinaba, se ponía tranquilo. Un día ya no regresó y ella, para no morirse de hambre y tener qué vestir, se entró a trabajar a las cocinas del palacio del arzobispo, cuando lo era fray Payo Enríquez de Rivera, y por recomendación de su párroco, porque éste sabía lo bien que cocinaba. Ella siguió esperando que volviera su esposo, pero ya no apareció. Preguntó por él, pero hacía tiempo nadie lo veía y ella, que extrañaba el calor de su hombre, se refugió en el calor de las cocinas. Que cuando llegó el arzobispo don Francisco de Aguiar y Seijas, despidió a todas las mujeres que trabajaban en el palacio arzobispal, porque no las quiere, y tampoco sabe lo que es comer bien. Que luego, una comadre que era criada en el convento, la llevó, y la madre abadesa la tomó para el servicio de la cocina. Yo le pregunté por qué, si había pasado tanto tiempo, seguía llorándolo, y me contestó esto: "Porque mi marido era como el buen chocolate: sabroso y de mucho provecho tomarlo." Y con esto siguió llorando sin consuelo alguno.

Miércoles 21 de abril de 1693

Hoy vino Isabel a vernos y a traerme agraz de membrillo que manda Antonina para que mejore del estómago. Uno de mis primos de la librería me mandó el segundo tomo de las obras de la madre Juana Inés, y en cuanto pude estuve leyéndolo y encontré algunos versos que me gustaron particularmente. Este que copio aquí, por decir bien lo que los hombres piensan de las mujeres de clara inteligencia como la madre Juana Inés:

> *Claro honor de las mujeres*
> *y del hombre docto ultraje,*
> *vos probáis que no es el sexo*
> *de la inteligencia parte.*

Y dice una de las coplas de los villancicos de Santa Catarina:

> *De una Mujer se convencen*
> *todos los Sabios de Egipto,*
> *para prueba de que el sexo*
> *no es esencia en lo entendido.*

Sábado 25 de abril de 1693

Hoy trajeron carta de mi padre. Está en Toluca y en unos días más saldrá para acá. Dice que pronto va a cumplir 50 años y que está demasiado viejo para andar por los caminos, ahora tiene más miedo de ser atacado por indios chichimechas que cuando empezó a ir. Que se ha sentido muy fatigado y los pies se le hinchan mucho. Mis hermanas y yo estamos de acuerdo en que ya no debe emprender esos viajes, ojalá éste sea el último.

Ha llegado una orden del arzobispo para que las monjas no tengan devociones con las mozas o niñas de los conventos. A causa de esto la madre abadesa ha llamado la atención de algunas monjas, pero esto lo han hecho entre ellas, sin que nosotras sepamos quiénes son. He oído a algunas monjas que quieren desobedecer la orden.

Sábado 2 de mayo de 1693

Mi padre está en casa desde anoche, alabado sea Dios y mi madre que lo protegió. Aún no ha venido a vernos, pero vendrá cuando se sienta mejor. Hoy en la tarde vino Mateo, para decirme que en una semana se va a Jalapa. Ha estado muy ocupado con sus exámenes y concertando lo del encargo que lo lleva a aquella villa. Que también quiso esperar la vuelta de mi padre para hablar con él y expresarle su deseo de casarse conmigo, que era bueno que ajustara lo de mi dote y cambiara su testamento antes que su falta fuera a poner en desorden los acuerdos. Las palabras de Mateo me afligieron mucho porque ahora estoy segura de que sólo quiere mi dote, y su interés lo hace pensar en la muerte de mi padre. No quise preguntarle por la respuesta de mi padre, yo misma lo he de saber por su boca. Mateo prometió escribirme y se fue.

Después vino Isabel a la que conté lo sucedido y se rió de mí. Dijo que no pensara que los hombres esperan otra cosa del matrimonio. Las familias buscan conservar las fortunas y hacerlas crecer y por eso lo que menos importa es el entendimiento entre los que van a casarse. La mujer ha de aceptar de buen grado al que va a ser su esposo y debe conformarse con su suerte, y los hombres, si no están conformes, tienen otras maneras de distraerse. Que era bueno que yo aceptara a Mateo de una buena vez, porque si no lo hacía así, la única que va a sufrir soy yo. Aunque todo lo que me dijo me parecía inaceptable, tuve que darle la razón, y le pregunté si había tenido un buen matrimonio con su difunto esposo.

De lo que dijo mi hermana Isabel sobre el matrimonio y lo que me contó de su esposo, que aunque yo ya sabía, me refirió otras que yo desconocía, y de los consejos que me dio.

"El matrimonio, hermana mía, es el estado al que deberíamos llegar todas las mujeres. Pasamos de la tutela de nuestro padre a la tutela de nuestro marido. Si permanecemos solteras y nos quedamos huérfanas no hay peor cosa que pueda pasar, porque quedamos a merced de hombres sin escrúpulos que nos quitarán el poco dinero que nos queda, y las que son pobres hasta pierden su virtud para poder tener casa, vestido y sustento. Las mujeres tenemos la obligación de aceptar el marido que nuestros padres y abuelos han encontrado para nosotras, y porque es el hombre que Dios ha destinado para que sea nuestro esposo. Con él hemos de tener los hijos que el Señor quiera darnos, a él habrá que servir con diligencia y buen modo. Hemos de obedecerle porque, como hombre que es, sabe más que nosotros, y porque Dios le ha dado el buen juicio. Y en fin, que hemos de entregarle nuestra vida y servirle como quien sirve a Dios, sin enojos, con buen ánimo y amorosos gestos. Esto, hermana mía, fue lo que me enseñaron mis padres, mis abuelos y el sacerdote que predica, yo lo creía y quería que así fuese porque me parecía que estaba muy bien.

"Me casé cuando tenía 17 años, con un gachupín, porque los criollos quieren que sus hijas siempre se casen con ellos para seguir siendo españoles, con poca fortuna y mucha suerte. Al principio todo fue muy bien, pero como no nos nacían hijos, él comenzó a disiparse en diversiones, primero con los naipes y luego en las casas de mancebía. Llegaba a la casa muy ebrio, diciéndome cosas que me hacían llorar por ser mentiras e injurias; pedía de cenar pero no quería que las sirvientas lo hicieran, entonces yo me levantaba y le servía y en esto él seguía con sus injurias y me decía que me largara, que no merecía vivir con él, que cualquier meretriz era mejor que yo y con una de ellas iba a tener un hijo. Yo sufría indeciblemente, y por eso callaba. No decía nada a mis padres, pero mi madre se daba cuenta de mis lágrimas. Ella hacía todo por consolarme y darme valor, diciéndome que en el matrimonio siempre había sufrimiento y Dios me lo tomaría en cuenta. Un día, cuando se acabó el dinero de sus negocios, echó mano de mi dote y comenzó a dilapidarla. Mi padre se dio cuenta de todo esto y trató de hacerlo volver por buen camino, para que no perdiéramos nuestra fortuna. No lo hizo así, pero quiso Dios que cesaran sus pecados, y una noche, cuando volvía a la casa, unos ladrones le dieron una estocada de muerte, y lo encontraron a la mañana siguiente en una de las acequias, sin real y sin sombrero. Hermana mía, yo espero que Mateo no sea así, pero te digo todo esto porque está visto, en mi caso y en muchos otros, que los hombres pierden el buen juicio si creen tener una razón para perderlo; no se les puede obedecer en todo porque si yo lo hubiera hecho estaría en la calle; que si bien le serví, no siempre pude hacerlo con buen ánimo ni con gusto, antes bien, con mucha amargura en mi corazón. Que está guardado tu honor, pero el honor no es un escudo contra las injurias y la burla de las mancebas. Ahora que soy viuda, tengo honor y respeto de los demás, administro y dispongo de mi poca pero suficiente fortuna, vivo bien, y aunque a veces extraño a mi marido, las cosas, como están, están muy bien. Con todo lo que acabo de decirte no estoy encomendándote que no obedezcas, no sirvas o no ames tiernamente al hombre que por esposo vayas a tener, sino que te des cuenta de lo que puede suceder, y que la prudencia tenga cabida en ti, que no calles porque mucho sufrimiento te puede ahogar, y que siempre tengas fe en Dios que Él ha de socorrerte."

Lo que me ha dicho Isabel no me ha dejado conciliar el sueño.

Miércoles 5 de mayo de 1693

Hoy tembló de madrugada. Temo tanto a los castigos de Nuestro Señor Dios, que hoy mismo he escrito a mi padre para decirle que estoy pronta a obedecerlo y casarme con Mateo. Si he de sufrir, que Dios me lo tome en cuenta.

La madre Juan Inés está como yo, triste y afligida. Dicen unas que es porque su Ilustrísima el señor arzobispo la ha mandado prohibir que siga escribiendo, otras dicen que la Inquisición ha abierto causa en su contra por andar escribiendo cosas que sólo los hombres deben hacer. Esto último no lo creo, porque yo he leído y oído que ha habido muchas mujeres que han escrito bellas laudanzas a Dios, doctas opiniones sobre diversas materias, y hasta de la ciencia de Dios. En las iglesias he visto sus retratos; su fama y santidad son grandes, pero también es cierto que fueron inquiridas con severidad y muchas veces se dudó de su sabiduría o santidad, y se les trató con mayor rigor que a un mal sacerdote. ¿Cuáles serán las faltas que la madre Juana Inés ha cometido para que la traten así?

Miércoles 13 de mayo de 1693

Mi padre ha venido a vernos hoy. Se ayuda de un bastón para caminar, pues aún tiene una pierna hinchada. Le han hecho algunas sangrías y parece mejorar. Le rogamos a Dios que así sea. Después de contarnos las singularidades de su viaje a Zacatecas por los caminos de la plata y los montes infestados de indios chichimecas, me ha dicho que mandó hacer ya los contratos con un escribano, para que Mateo los pueda firmar cuando regrese. Si otra cosa no sucede, nos casaremos en noviembre.

Miércoles 24 de junio de 1693. Día de San Juan

Todo este tiempo me he entregado a la disipación, he andado por allí escuchando chismes, he sido parte de pláticas profanas y de otras diversiones poco santas. El estar recluida en un convento no me ha mantenido alejada del pecado. Lo que se cree de estar a salvo de las tentaciones del demonio es poco cierto, sólo estamos separadas de los hombres por las rejas, pero eso no impide que se cometan toda clase de faltas contra la religión. La envidia está presente en las tertulias, la ira estalla por tonterías, la gula acecha de manera implacable, la codicia y la vanidad andan de la mano de las monjas en sus afeites y adornos costosos, y aunque nada he visto del pecado de la lujuria, dicen que las monjas que tienen enamorados de reja, andan cerca de cometer éste, y por eso el arzobispo lo ha prohibido con penas severas a quien falte a esta orden. Yo, he de confesar con poca pena, me he entregado a la pereza. Me siento llena de culpa cuando recuerdo a mi madre y pienso en lo enojada que estaría conmigo si supiera de mis desacatos, pero poco he hecho por enmendarme, aun cuando Gertrudis me ha reconvenido varias veces. Aunque no quiero pensar en Mateo, he recibido una carta de él. Dice que en la provincia de Veracruz han comenzado las lluvias y ello ha retrasado sus asuntos, pero vendrá en cuanto pueda. Isabel me ha traído todo lo necesario para que borde y aderece mi ajuar. Mi padre ha comprado hermosas telas, algunas de seda de China, y ha dicho que me entregará las joyas que destinó para mí mi madre. También entraré en posesión de otros collares y zarcillos que renunció en mi favor Gertrudis.

Hoy, por ser día de San Juan, nos hemos bañado todo el cuerpo. Teresa puso una tina grande de barro junto a la cocina y yo me lo di muy a gusto. Teresa dice que es mejor desnudarse toda, pero eso sólo lo hacen los indios y los negros, aunque aquí en el convento no se lo permiten a nadie. Teresa dice también que en los lugares donde hace calor, la gente se baña más seguido de lo que hacemos nosotros, y en donde hace frío, se bañan unas dos veces al año. Este baño me ha hecho sentir muy bien, pero extraño los baños que se hacen en el peñón del Marqués, pues por algo le llaman placeres.

Lunes 29 de junio de 1693. Día de San Pedro y San Pablo

Creo que San Juan me permitió abandonar la pereza en la que con tanta indolencia había caído. Hoy me he encomendado especialmente a los apóstoles san Pedro y san Pablo, para que me den constancia en lo que tengo que hacer. Ya he empezado a cortar las sábanas de Holanda y a labrar las piezas del ajuar. Si no me empeño en esta tarea no estará lista para noviembre. También hoy recibí una carta de Mateo, en la que me expresa su afecto y su pronto regreso; me escribió desde Córdoba.

Mi tía Luisa me dijo que don Carlos de Sigüenza y Góngora iba a estar en las rejas para ver a la madre Juana Inés, que sería bueno ir, sin importunar a la madre, para oír lo que hable del viaje que hizo a la Florida. Preferí esperar a la madre Juana Inés en el corredor y le pedí licencia para estar presente. Ella consintió. Cuando entramos había otras monjas, pues en el convento había corrido la voz de la visita de don

Carlos. Del otro lado de la reja vimos la figura, un poco encor-
vada por el cansancio y la enfermedad, del insigne sabio, que
nos refirió su viaje a aquel lejano lugar, una parte del gran im-
perio español. Aunque quisiera escribir aquí las cosas que nos
contó, encuentro difícil hacerlo por los muchos detalles y palabras que refirió. El propósito del viaje fue el reconocimiento
de la bahía que llaman de Panzacola y a la que puso por nuevo nombre Santa María de Galve, por haber sido descubierta en el día de Nuestra Señora, y le ha puesto de Galve por ser
el virrey quien más cuidado ha puesto en su conservación y
resguardo, porque los franceses han querido tomarla para su
nación. Dijo que hay muchos árboles, mucha pesca, grandes
caimanes y la habitan unos indios a los que nunca pudieron
hablar, porque siempre corrían ocultándose en el bosque. Que
hizo mediciones y describió con exactitud la forma de la costa
y sus accidentes. Pusieron nombre a las ensenadas, puntas y
bahías que encontraron y dibujó un mapa para tener una imagen exacta de la forma de aquellas tierras. Que no encontraron a los franceses ni rastros de un pueblo que dicen hicieron
junto al río de la Palizada. Que tuvieron la buena fortuna de
no encontrarse con piratas y toda la navegación fue con buen
viento. Que espera que el virrey haga las diligencias necesarias
para que esas tierras sean pobladas y sean defendidas de la
ambición de las naciones extranjeras. Todo esto lo escuchamos con mucho interés y a una señal de la madre Juana Inés,
nos retiramos.

En la celda estuve pensando en don Carlos. Cuando habla su
voz está llena de un gran sentimiento y amor a nuestra patria.
Es cierto que se siente honrado por los encargos del virrey,
pero goza más viendo y conociendo la obra de Dios. Todos esos

lugares los quisiera ver yo, pero las mujeres nunca van en esos viajes. Ojalá un pegaso llegara, para montarlo y ver desde el cielo esas maravillas que los hombres ven. Desde mi pegaso todo se vería mejor, no me darían mareos como los que dan en los barcos, iría tan rápido que no necesitaría comer pescado salado ni galleta. No me ahogaría de calor, como dicen hace en San Juan de Ulúa. Todo estaría muy bien si llegara un pegaso.

Sábado 25 de julio de 1693. Día de Santiago Apóstol.

Hoy vinieron a la misa de esta festividad Isabel y mi padre, después los saludé en la reja. Le conté a mi padre sobre el viaje de don Carlos y él me contestó con una décima que pongo aquí:

> *Los hombres que navegando*
> *hallan tierras muy remotas,*
> *cuando vuelven, que es ya cuando*
> *los estamos esperando*
> *en el puerto con sus flotas,*
> *que nos digan les pedimos*
> *las novedades que vieron:*
> *y si algo nuevo oímos,*
> *más velamos que dormimos*
> *por saber lo que supieron.*

Esta décima dice verdad. En la noche me acordé del maestro Enrique Fontes y lo que me ha contado de sus viajes.

Mi padre me ha traído los traslados de los bienes dotales que llevaré a mi matrimonio. Yo le he pedido que considere como fecha para la boda el 7 de diciembre, o sea la víspera de la Purísima Concepción de María, y que la misa de velación sea la víspera del día de Nuestra Señora de Guadalupe. Le pareció bien y dijo que escribiría a Mateo para decirle esto. En unos días más, correrán las amonestaciones.

Más tarde estuve leyendo el inventario de los bienes que llevaré como dote. Y es lo que sigue: para las tablas del comedor, mantel y servilletas de ruán; para la sala del estrado, una alfombra morisca, cuatro cojines, cuatro escabeles y un biombo de diez tablas; para el cuarto, una cama de caoba con dos colchones y sábanas de Holanda, colgaduras de damasco, colcha y rodapié de seda de China, y dos arcas para la ropa. También, una petaca para el chocolate y dos baúles. Mi padre ha tenido buen tino al escoger los lienzos para mi casa, y son: uno grande de la Virgen de Guadalupe; uno de la Purísima Concepción; uno de San José; uno de San Nicolás y otro de San Miguel; y uno más de Santa Rosa de Lima. También un nacimiento chico de marfil de Filipinas y un Niño Dios de Guatemala. Y para tomar el chocolate unas mancerinas labradas, y otros trastos de plata, así como de porcelana de China, loza y vasos de vidrio de Puebla.

También ha mandado hacer una saya con su jubón de raso, que es muy costoso, y unas camisas y naguas que yo tengo que aderezar con bordados y luego mostrarlas a mi marido para que vea que mis habilidades son muy buenas.

Viernes 7 de agosto de 1693. Día de Nuestra Señora de las Nieves.

Mi tía me hizo encargo de que buscara a doña Feliciana Gómez, que es una viuda que sabe labrar muy bien sayas y jubones, principalmente si son para boda. Así lo hice hoy, y me recibió con mucha alegría. Isabel compró todo lo necesario en el Parián, donde siguen abriendo algunos pocos puestos, y a doña Feliciana le pareció que todo estaba muy bien. Con mucha paciencia me ha enseñado cómo hacer las puntadas. He de decir que aunque todo se ve primoroso, no me gustan estas tareas, y no me aburro porque doña Feliciana está hablando todo el tiempo y con eso me la paso muy entretenida.

Sábado 15 de agosto de 1693. Día de la Asunción de Nuestra Señora.

Hoy vino a la misa mayor Isabel y después, en el locutorio, nos contó a Gertrudis y a mí que en la catedral estrenaron y bendijeron el nuevo órgano y es muy grande y hermoso, y que también hay un reloj nuevo. Desde que yo recuerdo la catedral ha estado siempre en construcción y todavía le falta mucho porque apenas tiene una torre y están levantando la otra. Muchas capillas están sin terminar y otras tienen retablos viejos y sucios y están haciendo otros mejores que pagan los gremios como el de los plateros. Aunque es hermosa, no se puede ver toda por estar llena de andamios, canteros picando la piedra, tiradores de oro colocando las hojas en los monumentos, indios que cuelgan lámparas y cargan piedras, y otros artesanos que hacen su trabajo. Es tan grande la obra de la catedral, que parece nunca la van a terminar.

Lunes 31 de agosto de 1693

Ayer, que fue día de Santa Rosa de Lima, felicitamos a mi hermana sor Gertrudis por haber cumplido un año de haber hecho su profesión. En la tarde vinieron mi padre e Isabel, estuvimos todos muy contentos.

Mi padre recibió carta de Mateo, diciendo que ha reunido algún dinero y comprado cosas para nuestra casa, y que pronto estará de vuelta para traerme algunos regalos. Aunque no me alegra oír hablar de él, cada día que pasa voy haciéndome más a la idea de que Mateo será pronto mi esposo y que así es como Dios quiere que sean las cosas. Yo acepto Su voluntad.

Jueves 3 de septiembre de 1693

De lo que nos contó doña Feliciana de su vida de mujer casada.

He seguido bordando y aderezando los vestidos que llevaré para mi boda y como dote, y por eso voy a la celda de doña Feliciana casi todos los días. Hay otras monjas y muchachas que asisten también. Una de ellas, que espera tomar estado pronto, como yo, le preguntó a doña Feliciana sobre su suerte en el matrimonio, y aunque ella no quiso hablar, luego de insistir nos contó su historia, que es como sigue: doña Feliciana casó a los dieciocho años en Cuenca, España; todo parecía ir bien hasta que su marido conoció a unos comerciantes que venían a América y lo convencieron de que hiciera negocios con ellos y viniera también a estos reinos. Un hijo de cuatro años y poco dinero, parte de su dote, fue lo que le dejó, y prometió mandar por ella tan pronto se estableciera. Pasó el tiempo y nada sabía de él. Por otra gente supo que estaba en la ciudad de México y le iba bien. Por las señas, escribió varias cartas con la esperanza de que las recibieran. Eran quejas amorosas de una esposa que esperaba con ansia noticias de su esposo. Después de algún tiempo recibió una carta donde él le decía que en un tiempo más mandaría por ella, que no se preocupara, que estaba cercano el día en que se reunirían, pero no fue así, porque pasaron tres años más y no recibió carta alguna, pero por otras gentes supo que su marido gozaba de salud y prosperidad. Cuando se quedó sin dinero decidió hacer el viaje. Un tío suyo le prestó el dinero, tomó a su hijo que ya tenía 10 años, y se embarcó en Sevilla. Con mil penas y con su hijo a punto de morir de fiebre, llegó a la ciudad de México, con grande ilusión por ver a su marido. En vez de ello, lo encontró casado con otra mujer y unos hijos. Cuando él se dio cuenta de que había viajado desde España para buscarlo, se puso iracundo y le reprochó su atrevimiento. Le exigió obediencia y le dijo que se volviera a España, él iría a buscarla después. Ella fue a la Inquisición y denunció a su marido. Los alguaciles lo prendieron y, cuando el juez lo halló culpable, lo azotaron y lo obligaron a hacer vida maridable con ella. La vida con él se tornó un constante tormento. Hizo todo por vivir en paz con él, desde acudir a la iglesia hasta hacer algunas magias. Pensó en el divorcio y no se atrevió a pedirlo por lo deshonroso y difícil que era. Un día su marido no volvió y ella se enteró de que había huído a Oaxaca con la otra mujer y los hijos. Ella no hizo nada, y con el caudal de su dote, que el marido le había devuelto, compró una cacahuatería que arrendó. Cuando su hijo creció, su habilidad hizo aumentar su fortuna. Un día llegó una carta de su marido, que estando próximo a morir se arrepintió y legó para ella y su hijo unos dineros y unas recuas de mulas. Fue cuando ella decidió retirarse a un convento, donde vivía muy feliz, agradecida a Dios por no haberle permitido vivir con un hombre que no la quería, y por ver que su hijo era un hombre de bien.

Miércoles 9 de septiembre de 1693

Hoy hubo un gran alboroto en el convento, y aunque nos mandaron poner orden, todo eran hablillas y cuchicheos. Al mediodía vino a refugiarse al convento doña Francisca, baronesa de Lisola, de nación flamenca, porque su marido quería matarla. Escuché que estando en el estrado de su casa, acompañada de una esclava, llegó para visitarla don Matías de Espina, un gentilhombre del virrey, al que conoció hace algún tiempo. Que éste la requirió en amores y cuando ella se resistió, él quiso forzarla. En esta embarazosa situación los encontró su marido el capitán don José Calzada. Don Matías y don José se batieron con las espadas, pero la furia del esposo fue tal que pronto venció al que manchaba su honor. Ella, pensando que estaba a salvo por la oportuna llegada de su esposo, se vio contrariada cuando éste empezó a reñirla, llamándola adúltera y aunque su esclava trató de defenderla, el capitán alcanzó a herirla con un puñal, y pudo salvarse de la muerte cuando sus sirvientes y esclavos lo detuvieron.

Dicen que no cesa de llorar y no es por causa de la herida, pues esta no es de peligro, pero su mortificación es grande por haber quedado su honor empañado por la sospecha de su esposo. En tanto, don José, para evitar que lo prendieran, se acogió a sagrado en la iglesia de San Pedro y San Pablo.

Me acordé de lo que me dijo una vez Teresa sobre la honra de la mujer. ¡Es tan frágil, tan fácil de empañar! ¡Qué torpe el juicio de los hombres, que antes prefieren viles a sus mujeres que creer en su inocencia!

Martes 29 de septiembre de 1693. Día de los arcángeles Miguel, Gabriel y Rafael

Hoy vinieron a misa mi padre e Isabel y después los vimos en las rejas. Mi padre dijo que ya van terminando las lluvias y a más tardar en un mes Mateo debe estar de vuelta. Que venga, ya no me asusta casarme con él. Ahora más que nunca comprendo las palabras del maestro Enrique Fontes, que tanto bien me han hecho.

Miércoles 30 de septiembre de 1693. Día de San Gerónimo

Hoy ha habido una ceremonia muy solemne por celebrarse el día del patrón de la iglesia de este convento. Hubo también una procesión en el claustro, comida sabrosa y calabazates de los cuales mandaron un canasto para la virreina. Teresa y yo nos hemos divertido mucho haciendo confituras y ayudando a Gertrudis y mi tía a adornar los altarcicos a los que cada año se les cambia el papel. Esta vez han quedado más hermosos que nunca.

Lunes 5 de octubre de 1693

Hoy en la madrugada, Gertrudis nos despertó a Teresa y a mí para que la ayudásemos. Mi tía sor Luisa se ha enfermado. Cambiamos las sábanas que estaban manchadas, pues mi tía sufre de una dolencia del vientre que la hace sangrar. A ella se le ve mal y siente mucho dolor. Más tarde, cuando amaneció, Gertrudis avisó a la madre abadesa y ésta vino con dos enfermeras. Cuando vieron la gravedad del caso, determinaron llevársela a la enfermería. La madre abadesa mandó a mi tía arreglar sus cosas previendo las disposiciones de Dios, y cuando terminara irían por ella. Mi tía sacó algunos papeles escritos de la escribanía y mandó a Teresa quemarlos, por no ser de provecho alguno. Yo tuve curiosidad de leerlos, pensé que tal vez mi tía hubiera escrito un diario, pero las monjas no pueden escribir nada si no se lo mandan sus superiores y queman todo aquello que consideran que no es importante y no beneficia a nadie. Muchas cosas se habrán perdido así.

Luego, de un librero sacó mi tía unos pocos libros, tomó uno y me encargó se lo fuera a llevar a la madre Juana Inés de la Cruz porque le pertenecía, pero tenía que hacerlo después de las oraciones. Mi tía me regaló el libro de don Carlos de Sigüenza que se llama *Parayso Occidental* y los otros se los dio a mi hermana Gertrudis. Otras pocas cosas y sus cuadros de santos los dejó reunidos con un papelito donde decía a quién se le debían dar cuando muriera. Todo esto lo hizo con grande calma y tranquilidad. Rezaba y decía que Dios la había de hacer sufrir para poder merecer estar con Él, y entre más sufrimiento mayor felicidad. Se le veía pálida y muy cansada, pero de buen ánimo. Cuando terminó, mandó avisar a la madre abadesa que estaba lista para irse a la enfermería. Llegaron las monjas enfermeras y la ayudaron a caminar hasta esa parte del convento, que es muy amplia, con mucha luz y todo lo necesario para atender a las monjas que están enfermas. Gertrudis ha pedido permiso a la madre abadesa para poder atenderla en el día y se lo han concedido.

En la tarde Teresa y yo sentíamos que nuestra celda estaba triste sin mi hermana y sin mi tía, pero ahora nos tenemos que hacer cargo de las cosas de aquí. Cuando terminé, fui a cumplir el encargo de mi tía. Busqué la celda de la madre Juana Inés a la que nunca he entrado. Abajo una sirvienta lavaba el piso y me dijo que subiera, que la madre Juana Inés estaba trabajando como de costumbre. Entré sin hacer ruido, y cuando pasé al cuarto que tiene como escritorio era como si lo hubiera hecho a un lugar ajeno al convento. Los muros estaban cubiertos de libreros donde había cientos de libros, sobre unas repisas había unos aparatos para ver las estrellas y que dicen usan los marineros para conocer el rumbo que llevan cuando van en altamar. En un pupitre había dibujos que me pareció serían de ella. En el único muro que no tenía librero había varios cuadros, uno de Santa Catarina, uno de la Santísima Trinidad, otro de San Gerónimo, y junto un laúd que es el que toca en las fiestas del convento. En medio del cuarto había una mesa grande, sobre la que había libros y una clepsidra, y ella estaba sentada en un sillón frailero, escribiendo en unos folios. Saludé y no pareció escucharme, y preferí esperar que terminara. Cuando la arena de la clepsidra hubo pasado toda a la ampolla de abajo, levantó la mirada y me vio. Me saludó con afecto y yo le entregué el libro que me tía me dio para regresárselo. Ella me agradeció y mandó saludos a mi tía deseando que mejorara su salud. Yo no podía moverme y no supe qué decirle, me sentía fascinada de estar en aquel cuarto donde ella escribía cartas a los sabios del mundo, donde estudiaba todos esos grandes libros, donde escribía romances para virreyes, arzobispos y otros grandes señores, donde se desvelaba viendo las estrellas y entonaba las notas con su laúd. Entonces me dijo que podía quedarme si ese era mi gusto, y que ella debía seguir escribiendo un rato más. Prometí quedarme callada y me senté en un taburete para verla escribir. En cuanto se sentó dio vuelta a la clepsidra y tomó la pluma que afiló y con la que prosiguió su tarea. ¿Para quién escribía? ¿Cómo era que podía escribir romances tan rápido? ¿Cómo es que había leído tantos libros? Dicen que la madre Juana Inés sabe mucho más que cualquier doctor de la universidad y ella ha estudiado sola, porque las mujeres no pueden ir a la universidad. Por eso es amiga de don Carlos, que es un sabio que la entiende y con cuya conversación saca provecho de sus muchas lecturas y horas de reflexión. Como no quise ser importuna, salí de su celda y regresé a la mía donde me estaba esperando Gertrudis. Le conté lo que había hecho y le dije que me proponía leer mucho como lo hacía la madre Juana Inés, y también escribir, y me dijo que la madre Juana Inés no era el mejor ejemplo para seguir, que ella tenía muchos problemas y el arzobispo estaba enojado por las cosas que escribía. Que saber mucho no la había beneficiado, antes bien, le había acarreado enemistades y críticas de otros hombres que saben mucho y escriben también. Que no había empleado su pluma en alabar a Dios y más bien lo hacía para hablar de las cosas divinas, que sólo los hombres deben hacer. Quise opinar en contra, pero Gertrudis me mandó callar. Más tarde Teresa dijo bien una cosa: que si la madre Juana Inés tenía problemas con los hombres, esto era porque ella era mujer, y cuando los hombres hacen tanto caso de una, es que esa mujer se ha hecho su igual y eso no pueden permitirlo. Yo creo que Dios no nos quiere ignorantes, porque se desperdician los dones que nos dio.

Sábado 10 de octubre de 1693

Hoy vino mi padre a vernos. Trajo algunas cosas para nuestro alimento y golosina, así como remedios para la enfermedad de mi tía. Nos contó que el negro Andrés ya no servirá en la casa y comercio de mi padre porque se va en una caravana de gente que irá a Santa Fe, en Nuevo México, una lejanísima provincia en el norte que continuamente se ve atacada por los indios; el más cruento ataque fue en 1680 y obligó a los españoles a fundar Paso del Norte. Van casi 300 entre españoles, indios de esta provincia de México y algunos negros, todos con sus mujeres e hijos. Que Andrés es bueno para reconocer los caminos y está contento de ir. Mi padre espera que todo vaya. Nosotros rezaremos para que lleguen con bien y Dios los proteja de los feroces indios que se niegan a aceptar la fe de Cristo Nuestro Señor y Salvador.

Martes 15 de octubre de 1693. Día de Santa Teresa de Jesús

En estos días he tenido que ayudar a Gertrudis en el cuidado de mi tía, por lo que he pasado algunas tardes con ella. Le he leído pasajes de la vida de la madre Inés de la Cruz, fundadora del convento de carmelitas descalzas que está en el *Parayso Occidental* de don Carlos. A ella le gusta escucharlo. Un día que estaba más aliviada me pidió que buscara uno de los libros que dejó en la celda; se llama *Inundación Castálida* y son versos de la madre Juana Inés de la Cruz. Con mucho gusto le llevé el libro y me pidió que leyera este que pongo aquí porque me gustó mucho y porque dice mi tía que la muerte lo vence todo y sólo se puede permanecer joven en los retratos, como bien lo describe la madre Juana Inés en este soneto:

> *Este, que ves, engaño colorido,*
> *que del arte ostentando los primores,*
> *con falsos silogismos de colores*
> *es cauteloso engaño del sentido;*
> *éste, en quien la lisonja ha pretendido*
> *excusar de los años los horrores,*
> *y venciendo del tiempo los rigores*
> *triunfar de la vejez y del olvido,*
> *es un vano artificio del cuidado,*
> *es una flor al viento delicada,*
> *es un resguardo inútil para el hado:*
> *es una necia diligencia errada,*
> *es un afán caduco y, bien mirado,*
> *es cadáver, es polvo, es sombra, es nada.*

Mi tía se quedó repitiendo el último verso aludiendo a su propia muerte y después se quedó dormida.

Lunes 26 de octubre de 1693

Hace unos días, cuando fui con doña Feliciana para continuar con mi bordado, conocí a doña Micaela Amezcua Indabura, una muchacha que también está haciendo su ajuar de boda, aunque ella sí está muy compungida. Casi no hablaba y había momentos en que pensé que iba a llorar. Hoy, cuando doña Feliciana empezó a hablar de su difunto marido y de lo mucho que lo amaba cuando estaban juntos en España, Micaela se puso a llorar a lágrima viva. Todas dejamos lo que hacíamos para averiguar el motivo de su abrupto llanto y, cuando estuvo más calmada, nos dijo que sus padres y abuelos la habían prometido a un español viudo como de sesenta años al que no quería y por el que no tenía ninguna simpatía. Doña Feliciana trató de aconsejarla y darle ánimo para que aceptara la voluntad de sus padres. Me ofrecí a acompañarla a su celda, pues también está con una tía. Antes de llegar me dijo que lo que más la mortificaba era que amaba a otro hombre que además le había dado palabra de matrimonio. Ella no quería faltar a su promesa, pero sus padres le prohibieron aquella relación, porque es criollo y del comercio de esta ciudad, y por eso la angustia que sentía era mayor y no sabía qué hacer para remediar aquello. Yo no supe qué decirle y me quedé muy triste de no poder ayudarla.

Miércoles 28 de octubre de 1693

Micaela y yo nos volvimos a ver hoy con doña Feliciana. Su semblante es el mismo, siempre a punto de llorar. En la tarde, mi tía, que estaba lúcida y con poco dolor, notó mi silencio y le conté lo de Micaela. Después de escuchar la historia me dijo que cuando ella era joven los sacerdotes estaban dispuestos a proteger a esas parejas que deseaban casarse aunque no fueran iguales, y que abogaban por aquellos que eran comprometidos contra su voluntad, que quizá, si ellos acudían a la autoridad eclesiástica, ésta pudiera poner remedio a aquella inconformidad. Que algunos padres, sospechando que sus hijos pudieran hacer esto, encarcelaban a sus hijos en sus casas o los mandaban a España para que no se casaran con quien ellos deseaban. Que ella, por estar en el convento, no sabía si aquello seguía siendo así, porque muchos padres pedían al rey leyes para impedir que sus hijos se casaran con quien quisieran. Que si bien los hijos debían obediencia a sus padres, también era justo que éstos mirasen por la prudencia de lo que mandaban a sus hijos. No sé si decirle esto a Micaela, porque si nada puede hacer, sus esperanzas van a ser mayores y su decepción infinita.

Miércoles 4 de noviembre de 1693

Mi tía ha sufrido continuamente estos días. El dolor casi no la abandona, ya no puede comer y sus humores son cada vez más corrompidos. No pide a Dios que termine con su sufrimiento, le pide que sea más fuerte para merecer la gloria de verlo. Las madres enfermeras la atienden con caridad y celo, y el médico le ha mandado hacer sangrías, pero no mejora. Gertrudis, otras monjas y yo hemos estado rezando el rosario con ella. A veces, cuando entra en delirio, repite el verso del soneto de la madre Juana Inés: "es cadáver, es polvo, es sombra, es nada".

Sólo fui a misa de Todos Santos y de Fieles Difuntos pensando en mi madre. Cuando recuerdo la muerte de ella, me alegra pensar que su enfermedad fue corta y su agonía breve y, como fue una mujer buena, estoy segura de que muy pronto gozó de la presencia de Dios.

Martes 10 de noviembre de 1693

Hoy en la tarde pude platicar con Micaela y le pregunté si sabía algo del hombre al que quería; me dijo que nada había podido saber porque sus padres la habían alejado incluso de las sirvientas y esclavas que podían llevar alguna carta o billete, y que para asegurarse de que ella no lo viera, la habían encargado a su tía en el convento. Le dije que Teresa sabía cuales sirvientas podían salir a la calle y conocía una en quien se podía confiar para llevar el recado. Ella se animó, pero me dijo que no tenía ni pluma ni papel; entonces la llevé a mi celda para que allí escribiera el papelillo. Mañana, Teresa lo va a poner en manos de esa sirvienta.

Sólo falta un mes para que yo me case.

Jueves 12 de noviembre de 1693

La sirvienta que llevó el billete no pudo encontrar más que a un sirviente de Juan, y a éste le dio el papelillo.

Martes 17 de noviembre de 1693

Micaela no ha recibido ninguna respuesta de Juan, que es como se llama el hombre con quien prometió casarse. Para aumentar su pena, hoy vinieron a verla sus padres y su prometido, y me pidió que fuera con ella para darle valor. El velo de la reja no deja ver bien a la gente que está del otro lado y, por lo poco que pude ver, su prometido es un hombre muy gordo, que camina con bastón porque tiene gota. Hasta nosotros llegaba el tufo de una boca llena de dientes podridos y eructos de ajo. Aquello fue un suplicio. Sus padres hablaban de todo lo que preparaban para la boda y don Tiburcio Menchaca, que así se llama, estaba contento porque habían concertado y firmado lo de la dote. Micaela estaba agachada mirándose las manos, y contestaba con voz débil, como una copa de vidrio fino cuando se va a quebrar. Este don Tiburcio es uno de esos muchos que se vanaglorian de tener honra y nobleza y ninguna hacienda, y sólo trabajan en conseguir una buena dote, pues nada saben hacer más que gastar el dinero que no es suyo.

Cuando se fueron, Micaela y yo nos fuimos a uno de los patios, donde se asolean los gatos. No pude decirle nada y nos pusimos a llorar las dos hasta que se nos acabaron las lágrimas y los gatos se nos acurrucaron en el regazo.

Jueves 19 de noviembre de 1693

Ayer no pude levantarme de tan mal que me sentía. Gertrudis me dijo que me quedara en la cama y puso un té para que Teresa me lo diera después. A media mañana me comenzaron a dar escalofríos y cuando vino Gertrudis me dijo que tenía fiebre. Rezó porque no fuera cosa de cuidado y mandó avisar a mi padre. Teresa, que no se separó de mí, empezó a contarme una historia que me gustó mucho y que va así:

De la historia de la mulata de Córdoba, bella mujer hechicera y de cómo escapó de la cárcel.

Había en Córdoba, que está en camino a Veracruz, una mulata hechicera, de andar suave, que olía a flores y caña. Las muchachas la buscaban para que con sus hechizos sus novios o esposos no se fueran con otras mujeres, y para que todo el dinero de su jornal lo llevaran a su casa, y para saber cómo mantener vivo el rescoldo. Le pedían remedios para que sus maridos no bebieran tanto aguardiente y dejaran el feo vicio de los naipes de donde se hacían tantos perjuicios. La mulata les decía cómo hacer que sus maridos fueran constantes en su amor y cómo hicieran para que sus vientres parieran hijos fuertes. También les enseñaba cómo retener a los hombres con un conjuro que dice:

Fulano de tal:
el rostro te veo,
la espalda te saludo,
aquí te tengo
metido en este puño,
como mi Señor Jesucristo
a todo el mundo.

Esta mulata era temida por los hombres, porque los que la requerían en amores eran despedidos con cajas destempladas y alguno que la quiso forzar acabó embrutecido y vagando por los campos, como alma en pena. A los maridos no les gustaba que sus mujeres fueran a verla; lejos de ver los beneficios que su pacífica vida tenía, comenzaron a achacarle males. Fue tanto lo que dijeron, que un día alguien la denunció a la Inquisición y la trajeron aquí, a la ciudad de México.

Su celda era todo lo contrario de su tibia morada de Córdoba. Una zahúrda oscura y cenagosa era su nueva casa. Sus carceleros la temían porque en las noches cantaba canciones de negros y decían que salía un calor como si fuera una boca del infierno. El día llegó en que habrían de juzgarla. Los jueces la mandaron llamar. Un carcelero, el más valiente, entró por ella a la celda. La mulata dibujaba con un carbón, en la pared, un hermoso barco que comenzó a moverse con el vaivén de las olas. La mulata sopló y las velas se hincharon, el barco estaba listo para hacerse a la mar, entonces la mulata se subió y la embarcación fue perdiéndose en un rincón de la celda oscura y cenagosa. El carcelero salió, contó todo esto a los que afuera esperaban, luego enmudeció y ahora vive en el hospital de locos de San Hipólito.

Hoy dibujé un pegaso y quise insuflarle vida, para que al batir sus alas Micaela y yo nos podamos subir e irnos de aquí. Volar, irnos lejos y ver el mar.

Lunes 23 de noviembre de 1693

La salud me volvió pronto y he tenido que quitarme de la cabeza la idea del pegaso, vaya a ser cosa del demonio. Para mi consuelo, pienso que Mateo ni es gordo ni es tan viejo y feo como don Tiburcio Menchaca. Micaela se va a casar en enero y me duele no poder estar con ella hasta ese día. Ella ya no llora y reza mucho tratando de encontrar consuelo. Cree que Juan aceptó dinero de su padre para alejarse de ella, pues eso le dijo su madre.

Mi padre ha venido a decirme que aunque Mateo no ha vuelto de la provincia de Veracruz, tenga listas mis cosas para irme a la casa en una semana más.

Miércoles 25 de noviembre de 1693

Hoy estuve todo el día con mi tía, que está cada vez peor. Me pidió que leyera algo para ella y luego me dijo que los libros de versos de la madre Juana Inés eran para mí. Le agradecí mucho, porque me gustan y he hallado en ellos distracción en estos días. Hasta he leído algunas cosas para Micaela.

Jueves 26 de noviembre de 1693

Hoy fui a la celda de la madre Juana Inés de la Cruz para saludarla y decirle que ya me voy del convento. Como me viera triste, me dijo que con el favor de Dios todo iba a ir bien. Yo le conté de mis temores y me dijo que si Mateo era un buen hombre, mi matrimonio iba a estar bien. Que deseaba y pedía a Dios que mi futuro esposo no fuera celoso ni yo lo fuera con él, porque los celos eran capaces de destruir el amor más grande. Que Dios nos ha dado el entendimiento para que vivamos bien y no para que vivamos ma!. Que los celos llevan a las sospechas más perversas y desasosiegan el alma. Que el hombre ofende a su mujer cuando duda de su virtud y ella se vuelve temerosa de su marido y hasta de las cosas buenas que hace, porque no sabe si va agradar a su esposo. Y sin ningún motivo el matrimonio se convierte en el infierno insufrible de los celos. El hombre que no usa su entendimiento para apreciar las virtudes de su mujer, es un bruto; no importa que haya ido a la universidad, permanece un bruto. Y con esto, la madre Juana Inés me dio su bendición.

Sábado 28 de noviembre de 1693

Teresa está un poco triste porque me voy, pero la que me da mucha pena es Micaela. Casi no come y se ha puesto muy pálida. Dice que ya no le importa casarse con don Tiburcio Menchaca, pero le repugna pensar que Juan haya aceptado dinero de su padre para alejarse de ella. Eso la tiene acabada, porque ella creía en su amor y en su promesa.

Domingo 29 de noviembre de 1693

Hoy estuve con mi tía. Habla muy poco. Sé que tiene mucho dolor, pero no lo dice y le consuela mucho que lea para ella. Como último favor me pidió que escribiera unas cartas para sus parientes. Se despide y les manda bendiciones. Sabe bien que el fin está muy cerca. Es ahora cuando yo no quisiera dejarla, pero mañana vendrá mi padre por mí, para entregarme en matrimonio a Mateo.

En la tarde fui con doña Feliciana a terminar las últimas puntadas del ajuar. Me dio su bendición y me dijo que va a rezar porque mi marido nunca me deje por otra mujer. Le agradecí mucho.

Lunes 30 de noviembre de 1693

Hoy, cuando estaba lista para irme, llegó Antonina para llevarme una carta de mi padre. Le pregunté a Antonina si algo malo pasaba y me dijo que Mateo no había regresado de Veracruz, que parece que algo malo le había sucedido. Luego me entré y leí la carta de mi padre y que dice así:

Mariana, hija mía:

Preocupado porque don Mateo Pereda no había regresado de la provincia de Veracruz cuando dijo, escribí dos cartas para él y de ninguna tuve contestación.

Un amigo mío que recién ha vuelto de aquella provincia, por algunos negocios que lo ocupaban, me dijo que lo vio en la villa de Córdoba muy enfermo e indispuesto.

Hace algunos días mandé a Tomé a esa villa, para ver si esto es cierto. En tanto debes quedarte en el convento, es mejor así. Ya he mandado carta a la abadesa.

Recibe mi bendición
Don Melchor Calderón Tapia

Le mostré la carta a Gertrudis y nos pusimos a rezar por la salud de Mateo. Más tarde, Teresa me dijo que la mulata de Córdoba lo tenía hechizado.

Martes 8 de diciembre de 1693. Día de la Purísima Concepción de Nuestra Señora

Hoy debería estarme casando y nada sé de Mateo. No sé si debe darme gusto, pues yo no quería casarme con él, y ahora que no está, después de haber esperado tanto este día, me siento extraña. El corazón me dice que nunca me voy a casar con Mateo.

Sábado 12 de diciembre de 1693. Día de Nuestra Señora de Guadalupe

Hoy, después de misa, vino a la reja Isabel y me dijo que Tomé ya había regresado de Córdoba con una noticia que la tenía patidifusa. Que Mateo no quería regresar porque se había enamorado de una mulata y estaba vuelto loco por ella. Que no había poder alguno que lo hiciera regresar y renunciaba a todos los derechos que tenía como prometido mío. Y que si mi padre pretendía traerlo por la fuerza para cumplir con su palabra, se huiría con la mulata con los negros cimarrones y nunca lo podrían encontrar. Que mi padre está en cama con un ataque de bilis y quiere mandarlo traer por la fuerza.

Me preocupa que mi padre esté tan enojado y ahora mismo le escribiré para que esté más tranquilo. Lo de Mateo me da risa, mucha risa. Recuerdo bien lo que decía acerca de los negros y mulatos y el desprecio que decía tenerles. Ahora, ha abandonado todo para estar con una mulata. Si él está contento, yo también lo estoy.

Ésta es la carta que escribí para mi padre:

Mi muy querido papacito:

Vuestra merced no debe ofenderse por las cosas que ha hecho don Mateo Pereda.

Vuestra merced y mi madre (Dios la tenga en su gloria) se casaron por la mutua inclinación que sintieron y el amor que nació entre ustedes dos. Vuestra merced sabe que yo no amo a don Mateo y él a mí tampoco. Le pido que olvidemos esto y pidamos a Dios para que don Mateo obre correctamente y se case como manda nuestra santa iglesia. Dios, en su infinita sabiduría, sabe por qué hace las cosas, dejemos que Él trace el camino de nuestra vida.

Besa las manos de vuestra merced
Doña Mariana Calderón y Oliveira

Le conté todo a Gertrudis y le mostré la carta que voy a enviar a mi padre, y le pareció que estaba bien y me dijo que ahora que se veía que Dios no tenía a don Mateo para mi esposo, le diera gracias.

Lunes 14 de diciembre de 1693

Estoy tan contenta que no me atrevo a decirlo a Micaela y eso me tiene contrariada. Teresa me sigue diciendo que fue la mulata de Córdoba la que lo hechizó, yo no quiero pensar en eso, vaya a ser cosa del demonio.

En estos días andan muy revueltas las cosas en los conventos de monjas, porque se descubrió que una monja tenía devoción con un fraile. Todo esto se dice en voz baja y no es mucho lo que se sabe porque quieren que se mantenga en secreto. La madre abadesa, con las definidoras, ha estado revisando las celdas que están pegadas a las casas de la calle. Han retirado algunas licencias que tenían algunas monjas para ver devotos en las rejas, por las muchas faltas que de ello se tienen. El arzobispo impondrá penas mayores y más prohibiciones a las monjas.

Domingo 20 de diciembre de 1693

Hoy en la tarde vino corriendo a verme Micaela. Se ha enterado que Juan se recupera de unas heridas en una hacienda de Toluca. Supo que, un día que regresaba a la ciudad de México, fue emboscado y herido. Unos arrieros lo recogieron casi moribundo del camino y lo llevaron a esa hacienda, que es donde ha estado todo este tiempo. Que cuando despertó, su criado le dio el billete que Micaela envió con la sirvienta. Que aún no puede caminar bien, pues tiene muy mal una pierna. Que no sabía dónde estaba ella y llegó a pensar que no lo quería y había olvidado su promesa. A propósito pongo este verso de la madre Juana Inés:

> *Las luces de la verdad*
> *no se obscurecen con gritos,*

que su eco sabe valiente
sobresalir del ruido...
¡Víctor, víctor!

Por fin puedo estar contenta por mí y por Micaela. Mañana, cuando esté un poco más serena, le voy a decir lo que me dijo mi tía.

Lunes 21 de diciembre de 1693

Hoy vino mi padre a verme. Aún está molesto y me reconvino por estar contenta. Ha decidido no buscar a Mateo por lo costoso que le resulta; además, dice que no vale la pena, que lo va a dejar así, que no era hombre para mí.

En la tarde le conté a Micaela lo que mi tía me había dicho. Ella, que ya estaba enterada de esto, escribió una carta a su párroco, con la esperanza de que la ayude. Ojalá Micaela pueda casarse con el hombre que quiere y que la quiere.

Viernes 25 de diciembre de 1693

Estas fiestas han sido particularmente hermosas. Hasta mi tía ha podido ver alguna de las procesiones que hicimos en los corredores del convento. Tenemos muchas esperanzas sobre lo que viene, y Micaela tiene mucha fe en que las cosas se resuelvan a su favor. Nuestro Señor Dios nos lo conceda.

Lunes 30 de diciembre de 1693

Hoy vinieron los padres de Micaela, que estaban muy enojados con ella. El párroco requirió sus testimonios y el de otras personas para ver si la petición de Micaela es justa y ha mandado que se suspendan los esponsales con don Tiburcio Menchaca. Micaela debe permanecer en el convento hasta que terminen las diligencias. Todo esto le dijeron y se fueron escupiendo bilis.

Lunes 4 de enero de 1694

He estado leyendo mi diario. La tranquilidad de que ahora gozo, no se compara con la angustia de hace algunos meses. Veo que el tiempo, que tiene remedio para casi todo, pero no lo tiene para la muerte. Estoy muy contenta de poder seguir escribiendo este diario porque ayuda a la memoria a recordar las cosas que, por el paso del tiempo, se van olvidando. En el libro de la *Inundación Castálida* de la madre Juana Inés de la Cruz leí unos versos, que copié porque me gustaron mucho, sobre la *Memoria*, y le quedan muy bien a este diario, por eso los puse al principio, porque es donde están mejor.

En la tarde estuve con mi tía. Ha quedado en los huesos, aunque tiene momentos de lucidez. Hoy me pidió que leyera otra vez el soneto del retrato, pero antes de empezar le pregunté a qué se debía el título de este libro de la madre Juana Inés, y aunque me dijo que no estaba segura, ella creía que se refería a la fuente de Castalia que está en el monte Parnaso y que es donde se abreva la sabiduría; se originó cuando Pegaso, el caballo alado, dio una patada. Quise saber más de esta historia, pero mi tía estaba muy cansada y no me permitieron quedarme otro rato con ella. De nuevo me encuentro con el Pegaso. Si con él se va a los astros y de su fuente mana la sabiduría, esto quiere decir que es un símbolo de las altas virtudes del conocimiento, y por esto entiendo por qué tanto don Carlos como la madre Juana Inés lo aluden.

Jueves 14 de enero de 1694

Hoy, cuando estaba ayudándole a Gertrudis a cambiar las sábanas de mi tía en la enfermería llevaron a una que estaba trabada y con todo el cuerpo tieso. Es muy flaca y tiene la piel llagada por las continuas disciplinas que se hace. Dicen que es de Puebla y que es una de las monjas que con mayor severidad se flagela y mortifica. Daba pena verla. Se negaba a tomar cualquier cosa que le ofrecían, y después de un rato se apaciguó y pudo dormir. En este convento no hay muchas monjas de éstas, pero hay otros donde abundan. Son mujeres santas que ofrecen sus ayunos y disciplinas a Dios Nuestro Señor. Yo, que no tengo ninguna vocación para el martirio y el sufrimiento, no seré santa jamás.

Sábado 16 de enero de 1694

Hoy, mientras cuidaba a mi tía, la monja que llevaron el otro día a la enfermería platicó conmigo. Dice que en Puebla conoció a la venerable sierva de Dios Catarina de San Juan, a la que llamaban "China" por haber nacido en la India. Que esta mujer fue raptada por unos piratas y vendida a unos portugueses en la Filipinas. Que luego de varios sucesos llegó a Puebla como esclava de un capitán y su mujer, que la quisieron como a una hija. Después que sus amos murieron, un sacerdote la casó con su esclavo, pero ella vivió en completa castidad hasta que su esposo murió. Dios le concedió muchas visiones y obró en ella muchos prodigios. Que el padre Alonso Ramos había publicado sus milagros, pero la Inquisición prohibió tener retratos de ella. Ella había tenido que entregar uno, pero si un día la Inquisición volvía a considerar la santidad de la venerable Catarina de San Juan, ella, la monja enferma, podía indicarle a un pintor cómo pintarla, porque tenía de memoria el rostro de la "China". Y también recordaba muy bien sus palabras y lo contenido en el libro del padre Ramos, y todos los días a todas horas repetía aquello para que no se le olvidara.

Luego conté esto a Gertrudis y me dijo que tuviera cuidado con lo que hablara con esta monja, porque tenía fama de iluminada y eso la hacía sospechosa de la Inquisición.

Yo no entiendo qué quieren los prelados de las mujeres y las monjas. De una lado está la madre Juana Inés de la Cruz, que con su entendimiento habla y dice bien las cosas, en versos o en otros escritos que dicen que compone. Pero ya no quieren que escriba porque anda en terreno que sólo los hombres deben pisar por un mandato que sólo ellos saben de dónde sacaron. Porque entonces, ¿para qué dio Dios entendimiento a las mujeres? ¿Sólo para medir la sal del guisado o escoger el color del hilo del bordado?

Del otro lado está esta monja que quiere ser santa porque todos le dicen que es lo mejor que puede ser una mujer, y sigue el ejemplo de otra mujer que tiene fama de santa, pero que ya murió y ahora prohíben tener sus retratos.

No están contentos los hombres con lo que ellos mismos hacen de una mujer. Pobres, porque olvidan que fue mujer la que los parió y por eso están en este mundo.

Sábado 30 de enero de 1694

Todos estos días hemos estado junto a mi tía, día y noche, parece que ha llegado el momento en que deba entregar cuentas al Creador. Hoy vino el padre a darle la extremaunción, en tanto Gertrudis con otras monjas rezaba el *Miserere* y el *Gloria Patri*. Pusieron un crucifijo en sus manos y cuando me vine a cenar algo, estaban encendiendo velas de bien morir. Ahora voy a regresar a la enfermería.

Lunes 1° de febrero de 1694

Como se esperaba, mi tía murió la noche del sábado. Cuando entró en agonía las monjas entonaron el credo, y cuando sintieron que expiraba, una monja tocó una campana para anunciar que el alma de mi tía pasaba a la vida eterna. Luego vinieron las oraciones y honras fúnebres. Luego de ponerle su hábito y de ponerle su corona florida, la llevaron al coro bajo para velarla allí el resto de la noche. Gertrudis me mandó a que durmiera un poco y estuvo bien porque ya tenía mucho cansancio y sueño. En la mañana del domingo, temprano, bajé y allí seguían las monjas entonando sus cantos y rezando el rosario, luego celebraron la misa. Después de una rato entraron unos indios con el mayordomo y levantaron las baldosas para abrir la sepultura. Sacaron unos huesos que echaron al osario y dejaron todo preparado para que allí enterraran a mi tía sor Luisa de Santa Águeda. Luego vino el padre que bendijo la sepultura y roció con agua bendita el cuerpo y lo inciensó. Bajaron el cuerpo, cerraron la tumba y todo se acabó. Recordé el último verso del soneto que le gustaba "es cadáver, es polvo, es sombra, es nada". Desde el otro lado de las rejas, en la iglesia, estaban mi padre y mi hermana Isabel.

Martes 2 de febrero de 1694

Hoy estuve pensando sobre lo poco que hablé con mi tía. Ahora me doy cuenta de todas las cosas de las que pude haber platicado con ella, pero ella prefería el silencio y el recogimiento. Ahora pienso en todo lo que quise haberle preguntado, pero ya es demasiado tarde. Sólo la muerte no tiene remedio.

Viernes 5 de febrero de 1694. Día de San Felipe de Jesús

Isabel y mi padre vinieron a verme hoy. Aunque es día de fiesta y hoy cumplo años, la reciente muerte de mi tía Luisa nos tiene un poco tristes. Mi padre tuvo que irse pronto, y en cuanto salió, Isabel me contó que lo habían requerido para que testificara sobre la conducta y fama de un tal don Juan Córdoba Reyes, que poseía una hacienda en Chalco y tenía dada palabra de matrimonio a una mujer llamada Micaela. Entonces le dije que yo conocía a la tal Micaela y que estaba al tanto de esa historia, pero desconocía lo que tenía que ver mi padre en eso. Isabel me contó que hace años que mi padre conoce a don Juan, por haber sido su padre del comercio de esta ciudad. Que luego que murió, su hijo se hizo cargo del negocio y luego compró una hacienda en Chalco. Que era mestizo y sabía labrar muy bien la tierra, además de criar ganado. De esto sacamos que el párroco seguía haciendo las diligencias necesarias para resolver sobre el caso, y todo parece estar a favor de la causa de don Juan y doña Micaela.

En la tarde la busqué y le conté esto, y se llenó de contento.

Viernes 26 de febrero de 1694

En este día, primer viernes de cuaresma, se vio por fin lo que deseaba hacer el arzobispo con la madre Juana Inés de la Cruz. Despojarla de su fuente de Castalia, es decir, de sus libros. Vinieron el provisor, un escribiente, el mayordomo don Mateo Ortiz de Torres y varios indios, para llevarse las cosas de la madre Juana Inés. Era como si se hubiera muerto, pues así es como vienen cuando alguna monja muere: a recoger lo que ha dejado, sólo que ahora ella está viva. Sacaron todos los libros, el laúd y otros instrumentos de música. También vi que llevaban los instrumentos para ver las estrellas y el cielo, los mapas y folios, hasta los libreros. Aunque no nos dejaron acercar, pude ver a la madre entrando y saliendo con calma, como revisando que se llevaran todo en orden. Su rostro parecía tranquilo. Yo me sorprendí con los puños apretados y para no estar así arranqué una rama de laurel del último domingo de ramos que estaba sobre la puerta. Impulsada por un gran deseo de consolarla, caminé hasta donde estaba ella y puse en sus manos la rama de laurel; la miré con angustia, pero ella estaba tranquila. Sólo me miró y me dijo: "Los he leído tanto, que se me han quedado de memoria." La que necesitaba consuelo era yo y lo tuve.

Luego recordé este verso de ella:

> *En perseguirme, Mundo, ¿qué interesas?*
> *¿En qué te ofendo, cuando sólo intento*
> *poner bellezas en mi entendimiento*
> *y no mi entendimiento en las bellezas?*
> *Yo no estimo tesoros ni riquezas;*

y así, siempre me causa más contento
poner riquezas en mi pensamiento
que no mi pensamiento en las riquezas.
Y no estimo hermosura que, vencida,
es despojo civil de las edades,
ni riqueza me agrada fementida,
teniendo por mejor, en mis verdades,
consumir vanidades de la vida
que consumir la vida en vanidades.

Lunes 5 de marzo de 1694

Dice Gertrudis que hoy vino otra vez el provisor, pero sólo a la reja, para traer un documento a la madre Juana Inés de la Cruz. Que se reunieron en secreto con la madre abadesa y no saben de qué se trata.

Más tarde, Gertrudis me dijo que la madre abadesa mandó a todas las monjas no se hable del asunto de la madre Juana Inés, y con esto me dio a entender que por su boca no sabré más del asunto.

Teresa me contó que en la celda de la madre Juana Inés sólo quedaron la mesa, los cuadros y un estante vacío; que esto se lo dijo la sirvienta.

Lunes 15 de marzo de 1694

Nada nuevo he sabido sobre los problemas de la madre Juana Inés, aunque parecen haber terminado, pues ella continúa con sus tareas de contadora como si nada hubiera sucedido y sigue trabajando en las noches, pues de continuo veo luz en su celda por las noches. Con esto recuerdo las palabras del maestro Enrique Fontes. No importa qué tan adversa sea la tormenta, se pasa mejor si uno está bien dispuesto.

Viernes 2 de abril de 1694

Los sermones de esta cuaresma han sido particularmente aterradores. Los frailes y sacerdotes que vienen a predicar se han referido especialmente a los pecados que cometemos las mujeres, que son muchos y muy feos. Somos fuente de lascivia y concupiscencia, somos monstruos de apetitos desordenados, somos causantes de desgracias y motivo de que se pierdan los hombres. Nuestras faltas, por pequeñas que sean, no alcanzarán el perdón de Dios debido a nuestra perfidia y maldad. Las llamas del infierno no alcanzarán a castigar suficientemente nuestros numerosos pecados. ¿Predicarán lo mismo a los hombres, a los frailes y otros malos sacerdotes que andan por allí buscando los placeres de la carne en los zaguanes y mesones? ¿No faltará el arzobispo a la caridad cuando desprecia a las mujeres, porque lo turban sus miradas, sus afeites, sus joyas, su meneo y su risa? ¿Por qué hay pecado en todo lo que ven? ¿Dios nos verá con tanta malicia? Yo creo que no, yo espero que no.

Sábado 17 de abril de 1694

Como si las penas fueran pocas, hoy, cuando el cielo se pobló de negros nubarrones, se desató una tempestad que nos tuvo de rodillas una rosario entero. Las aves en sus jaulas tiritaban y los gatos se metieron debajo de los muebles. Rogábamos por que no nos tocara un rayo, en tanto el trueno hacía temblar muros y trastos. Después de invocar mil veces a Santa Bárbara, cesaron los rayos y su atronador rugido.

Jueves 22 de abril de 1694

Por fin hemos tenido una buena noticia. Después de muchas diligencias y averiguaciones, los padres de Micaela han tenido que dar consentimiento para que se case con don Juan de Córdoba Reyes. Se supo que su padre pagó a unos rufianes para que lo mataran cuando saliera al camino, pero que no lo habían conseguido. Que ante el escándalo, don Tiburcio Menchaca deshizo los contratos matrimoniales y se fue a Puebla. Micaela podrá casarse después de correr las amonestaciones y se celebren los contratos. Está que no cabe de gusto y yo también me he llenado de contento.

Martes 4 de mayo de 1694

Hoy estuve platicando con Micaela y me contó de las mortificaciones que ha tenido. Que primero, cuando su madre le dijo que Juan se había retirado al aceptar dinero de su padre, aquello la hirió profundamente y no podía pensar siquiera en ello por el gran dolor que le causaba que su padre hubiese recurrido a tal acto y que Juan hubiese recibido el dinero, demostrando mayor interés en éste que en el amor que le había jurado. Esas ideas la perseguían haciéndola sentir una gran rabia contra su padre y contra Juan. Después, cuando supo que Juan estaba herido e indispuesto, estos pensamientos se disiparon, pero ahora que conocía la verdad, luchaba por perdonar a sus padres. Que no entendía las razones que llevaron a su padre a cometer un crimen y a su madre a mentirle. Que pedía mucho a Dios perdonarlos de corazón, para poder vivir en paz y sosegar las angustias de su alma.

Doy gracias a Dios por no tener contrariedades con mi padre ni con mi familia, y le pido dé fuerza a Micaela para que salga pronto de sus congojas. También, le encendí velas a Nuestra Señora de los Dolores.

Jueves 20 de mayo de 1694

Micaela salió hoy de la clausura para casarse en esta iglesia con don Juan de Córdoba Reyes. Nos levantamos muy temprano para ayudarla a peinarse, a ponerse el guardinfante, la saya y el jubón que ella misma labró y era de raso verde con guarniciones de plata y otras joyas y perlas que le regaló don Juan. Cuando entró a la iglesia, a la misa de velación, su madre la abrazó y le pidió perdón, su padre hizo un puchero y la entregó en el altar al novio. Luego intercambiaron anillos y arras y finalmente los cubrieron con el velo en señal de la eterna unión. Don Juan se veía magnífico con su traje negro y golilla que parecía plato de tan blanca y almidonada. De nuevo el sermón sólo habló de las virtudes de la mujer y de los desastres que se siguen si no cumple con sus obligaciones de esposa. ¿Por qué no hablaría del dolor que se sigue cuando un hombre golpea o abandona o maltrata a su mujer? Me parece que Juan es un buen hombre y tratará a Micaela con cariño, respeto y consideración. Dios quiera que así sea.

Martes 1° de junio de 1694

Ya comenzó el mes de junio y las lluvias no se han hecho presentes. Ya comienzan las procesiones y rogativas para pedir agua y dicen van a sacar en procesión a la Virgen de los Remedios.

Lunes 21 de junio de 1694

Hoy recibí una carta de Micaela. Ella y Juan se fueron a vivir a su hacienda en Chalco. Que el sitio es muy hermoso, pues todos los días contempla los volcanes nevados, y aunque está muy cerca del lago, no hiede el agua allí como en la ciudad, que el aire es más limpio y el paisaje es muy agradable. Que espera que un día la visite para que conozca el lugar donde vive muy feliz con Juan. Que hasta podré aprender a montar en una yegua mansa, como lo hace la virreina cuando va de paseo. La carta de Micaela me ha causado gran gusto. Luego fui a la iglesia para darle gracias a Dios y a Nuestra Señora, por haberle concedido la felicidad.

Lunes 12 de julio de 1694

Ayer vino mi padre con don Fernando Romo Lezamis, un amigo suyo que también es mercader. Habían ido a la villa de Guadalupe a la ceremonia para la bendición del sitio donde ha de construirse un santuario para la veneración de Nuestra Señora de Guadalupe. Estuvieron hablando de esto y otras cosas. El velo de la reja me impidió verlo, pero llamaron mi atención sus comentarios acertados sobre la materia de la que hablaban.

Hoy vino Isabel a decirme que a ella le parecía que don Fernando podría ser un buen marido para mí. Yo protesté porque seguramente el tal don Fernando era un viejo y ella se rió, pero me dijo que tenía alguna fortuna pues poseía varias recuas de mulas y tenía concertada la explotación de una mina en Tlalpujahua, pero que había escuchado que se iría a San Luis Potosí. Yo no hice caso, pues no conozco al mentado don Fernando.

Lunes 26 de julio de 1694

Ayer, después de las celebraciones de Santiago Apóstol, fui con doña Feliciana, pues ella festeja especialmente a este santo. Tenía un altarcico con una pequeña talla del santo montado en un caballo blanco y vestido de romero. Yo le dije que me gustaba más vestido de armadura y plumas como lo tienen los indios de Santiago Tlatelolco. En eso estábamos cuando llegó la madre María de la Santísima Trinidad, que es la monja de Puebla, y dijo que ya era tiempo de que venerásemos a santos mexicanos, que a España le interesaba muy poco que se canonizara a los hijos de esta tierra, como al beato Felipe de Jesús, o se beatificara siquiera a sor María de Jesús que murió en olor de santidad. Que para los españoles sólo podían ser santos los que nacieron y se quedaron allá, porque no querían canonizar tampoco a los que habían venido al reino de la Nueva España, como el venerable siervo de Dios Gregorio López, por más limosnas y misas que se le dijeran. Que el mismo arzobispo golpeaba a los curas que se atrevían a predicar a favor del patronato de otros santos que no fuera el de Santiago Apóstol y eso no estaba bien, pues Dios había dado virtudes de santidad a toda la humanidad cristiana y no sólo a los que habían nacido en la Europa.

Aunque doña Feliciana quiso reñirla, otras monjas lo impidieron y se encargaron de sacar fuera a sor María de la Santísima Trinidad, y dijeron que era una iluminada que, si seguía así, la Inquisición la iba a poner presa por andar diciendo aquellas cosas. Pero yo creo que le asiste la razón en algunas cosas que dijo.

Miércoles 4 de agosto de 1694

Hoy, cuando estaba en el torno recibiendo una canasta que envió mi padre, hubo un escándalo. Una de las sirvientas daba grandes voces porque una mujer quería entrar a la clausura para llevársela. La mujer se llama Nicolasa Muñoz, y oí decir que se había entrado de sirvienta al convento diciendo que era huérfana y doncella y tenía más de un año aquí. Ahora supimos que es casada y vivía en el barrio de San Juan, que su suegra dio con ella después de mucho preguntar y ahora quería llevársela para que regresara como mujer que es de su hijo. Nicolasa, con muchas lágrimas, le pidió de rodillas a la madre abadesa para que no la sacaran de aquí, pues dijo que hacía cuatro años que se había casado con Marcos Herrera, y que era verdad que era huérfana y doncella pues siempre la obligaban a dormir junto al fogón, y que Marcos no la quería, pues él se iba a tomar pulque y a holgarse con amigos, y su suegra le daba trancazos y la obligaba a servir en todas las cosas de la casa y, cuando ella salía, la amarraba de un árbol para que no se fuera, hasta que un día pudo soltarse y anduvo escondiéndose, y casi pierde su virtud por la mucha hambre que padeció, pero buscó entrarse al convento para que no la encontraran. Que suplicaba no la entregaran a su marido ni a su suegra y pedía que viniera la autoridad para que supieran aquello, pues no se había casado para recibir sólo malos tratos. Que la suerte de las huérfanas era la peor, pues estaban a la merced de malos hombres, y cuando lograban casarse el marido y hasta la suegra les pegaban. El sufrimiento de Nicolasa me causó mucha congoja, porque en su voz había mucho miedo y desesperación. La madre abadesa no la dejó ir y mandó levantar las diligencias necesarias para poner remedio.

Jueves 12 de agosto de 1694

Todos estos días he estado rezando por Nicolasa. Doy gracias a Dios porque no sufro la suerte de muchas mujeres tan desgraciadas. Como Teresa viera mi tristeza, me dijo que no estuviera así porque iba a renegar por haber nacido mujer, y me contó sobre la monja alférez, que nació mujer, sus padres la metieron a un convento y que luego de escapar se vistió de hombre y muchos años vivió como tal hasta que un día, tras de ser herida, fue descubierta. Que fue asombro de obispos y del mismo rey, que la distinguió por sus servicios y le permitió seguir vistiendo como hombre y ser como un hombre hasta que murió cerca de Veracruz. Que traspuso montañas y mares, enamoró mujeres, libró pendencias y hasta dio muerte a uno de sus hermanos. Se llamaba Catalina de Erauso y la llamaban "la monja alférez". Esta historia, que hace tiempo escuché de boca de mi hermana Isabel, la había olvidado, porque hace muchos años me la contó y mi padre le prohibió me la volviera a contar, por ser de mal ejemplo.

En esto pensaba, cuando se me ocurrió ver a la madre Juana Inés de la Cruz. Llegué a su celda y en la cocina encontré a sor Isabel de San José, su sobrina, y le pedí licencia para subir a ver a la madre Juana Inés, y me lo dio. Arriba, en su celda, la que era su librería, había unas pocas cosas y unos cuantos libros. Estaba parada en la ventana y miraba sobre las torres y sobre los cerros que bordean el valle. La tarde estaba limpia y se podían ver los volcanes. Micaela me había dicho que la madre Juana Inés había nacido en una hacienda al pie de los volcanes que se llama Nepantla. Distraje a la madre cuando le pregunté si extrañaba Nepantla. Ella se sorprendió mucho y se rió. Me dijo que allá estaba su familia y algunas veces deseaba correr sobre la tierra mojada en este tiempo de lluvias e ir a buscar hongos frescos para que su nana se los guisara con chile y epazote. Asaltada por una fuerte emoción, entre miedo por el atrevimiento y gusto por estar platicando con ella, le dije que si fuera hombre podría ir a Nepantla. Y me contestó que si fuera hombre hubiera ido a la universidad, hubiera ido a España, hubiera predicado en las iglesias, hubiera explorado los mares donde hay perlas y piratas, hubiera conocido las ruinas de los antiguos mexicanos, hubiera escrito más comedias. Quizá habría sido organista de la catedral, o habría entrado a las minas de plata de Zacatecas, o habría sido alarife y construido magníficos templos. Hay muchas cosas que hubiera podido hacer si fuera hombre, sobre todo no la habrían juzgado con tanta severidad, pero era mujer y eso no le pesaba porque también pensaba que si hubiera nacido hombre quizá Dios no le hubiera dado los dones que como mujer le dio. Que estaba contenta con la voluntad de Dios. Que había mujeres capaces de administrar haciendas y tiendas, y no pocas poseían habilidades en diversas artes, y algunas cultivaban las letras como se cultivan los huertos, con primor y esmero. Que la constante voluntad de las mujeres iría venciendo la obcecada necedad de los hombres, pues quiere Dios que todos gocemos de las maravillas que para nosotros creó, pues para eso nos dio el entendimiento, como se lo dio a los hombres. Después tocaron para las oraciones y me tuve que ir.

Más tarde, en mi celda, estuve leyendo la *Inundación Castálida* y copio aquí algunos versos de unas redondillas que me gustaron porque veo en ellos todo lo que parece sucede, demasiado a menudo, a las mujeres:

> *Hombres necios que acusáis*
> *a la mujer sin razón,*
> *sin ver que sois la ocasión*
> *de lo mismo que culpáis:*
> *si con ansia sin igual*
> *solicitáis su desdén,*
> *¿por qué queréis que obren bien*
> *si las incitáis al mal?*
> *Combatís su resistencia*
> *y luego, con gravedad,*
> *decís que fue liviandad*
> *lo que hizo la diligencia.*
> *Con el favor y el desdén*

tenéis condición igual,
quejándoos, si os tratan mal,
burlándoos, si os quieren bien.
Opinión, ninguna gana;
pues la que más se recata,
si no os admite, es ingrata,
y si os admite, es liviana.
Siempre tan necios andáis
que, con desigual nivel,
a una culpáis por cruel
y a otra por fácil culpáis.
¿Pues cómo ha de estar templada
la que vuestro amor pretende,
si la que es ingrata, ofende,
y la que es fácil enfada?
Dan vuestras amantes penas
a sus libertades alas,
y después de hacerlas malas
las queréis hallar muy buenas.
¿Cuál mayor culpa ha tenido
en una pasión errada:
la que cae de rogada,
o el que ruega de caído?
¿O cuál es más de culpar,
aunque cualquiera mal haga:
la que peca por la paga,
o el que paga por pecar?
Pues ¿para qué os espantáis
de la culpa que tenéis?
Queredlas cual las hacéis
o hacedlas cual las buscáis.

Miércoles 18 de septiembre de 1694

Hoy hubo mucho revuelo en uno de los cuartos bajos que se anegan en este tiempo de lluvias. Una de las niñas que acostumbran a jugar allí, descubrió en el muro una imagen de la Virgen de Guadalupe. Pronto, monjas, niñas y sirvientas estaban allí para contemplar el portento. Yo fui con Gertrudis a ver aquello y cuando llegamos ya había veladoras y flores en torno a la figura. Lo daban por milagro, cuando trajeron a la madre Juana Inés, que lo vio y dijo que la humedad en la pared hacía formas caprichosas y había que esperar. Unas monjas la acusaron de ser poco piadosa y se dieron a la murmuración. El capellán entró a la clausura para dar testimonio de lo sucedido, pero no hizo comentario alguno. Luego él y otros determinarán si es milagro o no. Por lo pronto, algunas monjas ya aderezan todo el cuarto. A mí me parece que se necesita forzar el ojo para ver la forma, pues me ha costado trabajo adivinarla, pero lo que me ha conmovido es la fe que muchas monjas y niñas han mostrado por este suceso.

Lunes 30 de septiembre de 1694

Hoy cesó todo el revuelo causado por la supuesta aparición de la Virgen de Guadalupe en uno de los muros del convento. El capellán nada había dicho del asunto, aunque mandó guardar prudencia, y como dijo la madre Juana Inés, el agua había dibujado formas caprichosas en la pared. En la mañana, ante unas diez monjas y otras tantas niñas que estaban rezando frente a la imagen, un trozo del repellado de yeso y cal se desprendió dejando al descubierto el adobe y la piedra en el lugar donde estaba dibujada. La monja que habla de la venerable Catarina de San Juan dio grandes voces y, dando chillidos, decía que Dios no había concedido el milagro a este convento por ser muchos los pecados que las monjas cometían.

Todo esto le causó mucha risa a Teresa. Dijo que siempre nos dejábamos engañar por lo aparente y no nos deteníamos a pensar u observar un poco más las cosas o a las personas, y nos quedábamos con el primer parecer que nos venía a la cabeza. Otra vez, Teresa tiene razón, y fue por eso que la madre Juana Inés se quedó viendo aquel muro con una mirada distinta a la que teníamos las demás. Ella estaba más asombrada por las maravillas que obra la naturaleza, que por la idea de que se apareciera la Virgen en estos muros, por eso su observación fue acertada.

Domingo 3 de octubre de 1694

Mi padre ha venido hoy a pedirme que regrese a la casa. Que a menos que mi deseo sea tomar el hábito, le gustaría que vuelva a la casa. Y como no siento inclinación hacia la vida de las monjas y tengo ganas de ver la calle y su bullicio, le he dicho que sí.

Hoy mismo me he despedido de mis amigas, algunas monjas, de doña Feliciana, de Brígida y de Teresa, que se ha quedado un poco triste. Gertrudis me ha animado para que tome el hábito, pero le he dicho que no me siento inclinada a esta vida, y me ha contestado que no es preciso tener inclinación, porque muchas monjas han profesado por convenir más esta vida que otra, y aunque en el convento se puede ofender mucho a Dios y con más gravedad, se sufre menos, y que había monjas que llevaban una vida muy regalada y cómoda, que lo pensara y me decidiera.

Lunes 4 de octubre de 1694. Día de San Francisco de Asís

Muy temprano vino mi padre por mí y con él venía Tomé para llevarse mis cosas. Luego fuimos a la procesión de los franciscanos y en la noche hubo fuegos. Aunque en el convento las procesiones son muy lucidas, las que se hacen en la ciudad no tienen. No quiero quejarme de la vida en el convento, pero si Dios hizo al hombre y a la mujer juntos, ¿no es así como debemos estar todos en el mundo?

Entré a mi casa con enorme gusto, saludando a todos y todo. Antonina me hizo un guiso de frijoles y chicharrón digno de la mesa virreinal.

Más tarde, fui con Antonia a ver al maestro Fontes. Estaba un poco delgado porque había estado enfermo, pero no había tenido que abandonar el trabajo en la imprenta. Nos dio gusto saludarnos y me retiré pronto por miedo a un regaño.

Miércoles 6 de octubre de 1694

Hoy, mi padre recibió una invitación de don Juan de Córdoba Reyes para que vayamos unos días a su hacienda en Chalco. Además, recibí una carta de Micaela en la que me habla de lo conveniente que resultaría que fuéramos, pues en este tiempo el campo está hermoso y la escasa lluvia que cae por estos días, permite disfrutarlos más. En la cena, mi padre nos dijo que iríamos y que había enviado mensaje a don Juan para que nos espere. Isabel y yo estamos muy contentas de poder ir.

Jueves 7 de octubre de 1694

Isabel, Antonina y yo salimos hoy al mercado para comprar algunas cosas que necesitamos para irnos a Chalco, pues viajaremos el sábado temprano, Cuando volvimos, estaba mi padre con don Fernando Romo Lezamis, que recién había llegado de Guanajuato. Mi padre lo invitó para que vaya con nosotros a Chalco. Ahora que lo he visto, compruebo lo que me dijo Isabel; no es viejo y usa bigote tupido, muy al contrario de lo que se usa en la corte, pero me ha parecido de buen natural. Aunque he querido disimular, debo decir que me agrada mucho.

Sábado 9 de octubre de 1694

Muy temprano salimos por la calzada de Iztapalapa hacia el pueblo de Mexicalcingo. Cuando dejamos la isla por la calzada de tierra, comenzamos a ver las trajineras cargadas de flores, frutas y verduras que llevan los indios de Xochimilco, Iztacalco y otros pueblos a vender en la ciudad. Isabel, Antonina y yo íbamos en una carroza, en tanto mi padre y don Fernando montaban sus caballos. Una fina niebla se levantaba sobre las

aguas del lago, donde los patos y las gallaretas nadaban. En Mexicalcingo tomamos chocolate y pan y de allí seguimos nuestro
camino a Tlaltenco. En este lugar nos apeamos para continuar
nuestro viaje en una trajinera grande. Aunque hay camino hasta Chalco, mi padre es muy amigo de andar en embarcaciones,
cosa que me agrada especialmente. Durante nuestra navegación vimos cómo los indios cazaban patos, pescaban y jun-
taban bichos que acostumbran comerse. En el lago de Chalco
hay tres pequeñas islas, que son las de Cuitláhuac, Xico y Mix-
quic y todas están habitadas por indios que cultivan huertos y
chinampas. Al mediodía llegamos por fin a Chalco, donde los
sirvientes de don Juan nos esperaban ya. En menos de una
hora tomábamos el almuerzo con Micaela y Juan. Después de
descansar un rato, anduvimos por la hacienda conociendo
sus dependencias. Todo el tiem66
po estuve con Micaela, que se ve casi completamente feliz,
porque su padre aún se siente ofendido. Por fortuna, en
Amecamecan viven unos tíos y primos a los que ha visto algunas
veces. Yo le he dicho que deje a Dios y al tiempo la solución.

Domingo 10 de octubre de 1694

Vino a decir la misa un fraile franciscano del convento de Chalco, que se quedó a almorzar y después se fue porque tenía que
decir misa en otros pueblos. Isabel, Micaela y yo fuimos a
caminar a la orilla del lago, en tanto los hombres cabalgaban
un poco más lejos. Hemos platicado tanto, que en la tarde me
dolía la garganta.

Don Fernando y yo hemos hablado muy poco, pues yo estoy todo el tiempo con Micaela e Isabel, y él lo está con mi padre, eso no ha impedido que yo le observe, oiga su voz y vea sus ademanes. Cuanto más lo miro más quiero seguirlo viendo.

Miércoles 13 de octubre de 1694

Estos días, los hombres han estado saliendo temprano al campo y nosotras nos dedicamos a conversaciones interminables y ayudamos a Micaela a hacer algunos arreglos a su casa. Anoche, cuando los nardos y las gardenias liberaban su olor, salí a contemplar la luna que brillaba como plata bruñida. No recordaba noche alguna como aquella, el azul y sus astros me fascinaron, me hechizaron y me quedé largo rato bajo aquel manto. Antonina fue a buscarme y me dijo que no contemplara demasiado la luna, por sus efectos enloquecedores. Yo creo que la luna se sabe tan bella y tan sola, que nos hechiza para que la estemos mirando y nunca dejemos de llamarla bella.

Sábado 16 de octubre de 1694

Hoy, temprano, salimos todos a Amecamecan, que está muy cerca de las montañas nevadas. Cerca de este pueblo está la hacienda de Nepantla donde nació la madre Juana Inés. En el camino pasamos por Tlalmanalco, donde hay un convento y una capilla de indios muy labrada. Nos quedamos viéndola un rato porque es muy hermosa, y un fraile nos dijo que toda fue hecha por los indios del lugar, en señal de haber comprendido las penas que tendrían en la muerte si no abandonaban sus idolatrías.

En Amecamecan viven los tíos de Micaela, que tienen quince hijos, los mayores ya casados y con hijos, por lo que la hacienda de ellos más parece un pueblo. Pusieron unas tablas bajo los nogales del patio, donde tomamos un refresco. Tenían un carnero hecho a la manera de los indios, que es en barbacoa y que estaba muy bueno. También había pulque, tamales y otras viandas que disfrutamos mucho. Sacaron las guitarras, hubo coplas y hasta bailamos un poco animadas por nuestro padre, que no vio en ello cosa mala. Nos divertimos mucho y como hacía mucho tiempo no lo hacíamos. Cuando recuerdo las palabras de Gertrudis más segura estoy de no querer ser monja; ojalá mi padre no quiera que lo sea. Don Fernando ha demostrado tener buen humor y nos ha hecho reír con sus ocurrencias. Los parientes de Micaela también son muy simpáticos y amables anfitriones. Cuando anochecía, la nieve de los volcanes se tornó azulada y daba gusto ver toda la maravillosa obra de Dios; yo creo que todo esto lo ha de extrañar la madre Juana Inés de la Cruz.

Lunes 18 de octubre de 1694

Ayer, después del almuerzo, regresamos a Chalco. Micaela pidió licencia a mi padre para que yo pueda montar una yegua mansa, y la dio, pero cuando yo esperaba para ir con Micaela, ella dijo que no podía hacerlo, y mi padre tampoco quiso por habérsele hinchado una pierna. Sólo Juan y don Fernando estuvieron dispuestos a ir conmigo, y un criado que iba detrás de mí previniendo una caída. Paseamos cerca de la hacienda y yo pensaba en el Pegaso cuando a lo lejos veía a los rancheros ir al galope. Juan y don Fernando me daban consejos sobre la manera de conducirme al montar un caballo y creo que todo lo hice bien.

Martes 19 de octubre de 1694

Mañana temprano saldremos a la ciudad de México. Todo este tiempo he sido muy feliz. Todo lo que he visto quiero llevármelo en los ojos, y le pido a Dios que un día me permita volver a estar así. Micaela me ha dicho que está en estado de buena esperanza y eso me ha dado mucho gusto. Prometimos seguir escribiéndonos cartas y nos despedimos con un abrazo que fue como una bendición.

Miércoles 20 de octubre de 1694

Mi padre no pudo cabalgar de regreso, por estar mal de una pierna, pero aun así navegamos otra vez por el lago de Chalco y luego el de Xochimilco para retornar a la isla donde se asienta la ciudad de México.

Desde la carroza pude ver a don Fernando en su caballo colorado, reverberando bajo el sol.

Sábado 23 de octubre de 1694

Hoy, cuando estaba en el estrado leyendo versos de la madre Juana Inés, llegó don Fernando, con el que poco había podi-

do platicar. Recordamos los días pasados en Chalco y Amecamecan y él me platicó de los lugares que conocía. Me agradó
mucho la forma en que hablaba de la gente que conocía, de
las minas de plata, de la comida, de lo que bebía y del amor
a la patria. Entonces, recitó unos versos que la madre Juana
Inés escribió para la Duquesa de Aveyro y que escribo aquí:

> *Que yo, Señora, nací,*
> *en la América abundante,*
> *compatriota del oro,*
> *paisana de los metales,*
> *adonde el común sustento*
> *se da casi tan de balde,*
> *que en ninguna parte más*
> *se ostenta la tierra Madre.*
> *De la común maldición*
> *libres parece que nacen*
> *sus hijos, según el pan*
> *no cuesta al sudor afanes.*
> *Europa mejor lo diga,*
> *pues ha tanto que, insaciable,*
> *de sus abundantes venas*
> *desangra los minerales.*

Celebré con sorpresa y emoción su afición a los versos de la
madre Juana Inés. Ahora aquí, sola, celebro mucho haberlo
conocido y confieso que una emoción como embriaguez me
invade toda.

Lunes 25 de octubre de 1694

Hoy, durante la comida, don Fernando nos anunció que por haber concluido los asuntos que lo trajeron a la ciudad de México, partirá el miércoles a San Luis Potosí. La sangre se me fue a los pies y quise decirle que no se fuera. No sé por qué de pronto siento esta terrible inquietud cuando apenas ayer era tan feliz. A Isabel, a la que había estado ocultando mis sentimientos, le conté de la desesperación que me estaba ahogando. Ella me preguntó si don Fernando me correspondía y no supe qué decirle y eso empeoró mis temores. Me dijo que fuera paciente y ella trataría de averiguar más. Por mi cabeza pasan mil pensamientos y preguntas. ¿Me amará? ¿Sentirá alguna inclinación por mí? ¿Le habré parecido una tonta o no resulto conveniente a sus intereses? ¿Mi padre se opondría o los padres de él me desaprobarían? Quizá tenga su palabra dada a otra dama y sea mejor apartarlo de mi mente. Tengo el corazón oprimido, pero trato de gobernarme con la razón para no sentir esto. ¿Esta tortura es lo que llaman amor? Si lo busco para hacerle saber mi amor, me juzgará torpe o liviana. Estos versos de la madre Juana Inés alimentan más mi confusión:

> Este amoroso tormento
> que en mi corazón se ve,
> sé que lo siento, y no sé
> la causa porque lo siento.
> Siento una grave agonía
> por lograr un devaneo,
> que empieza como deseo
> y para en melancolía.

Martes 26 de octubre de 1694

En la mañana, Isabel me urgió para que saliéramos, pues íbamos a acompañar a doña Juana a una huerta de Tacubaya. Le pregunté si sabía algo de don Fernando, pues ni siquiera desayunó con nosotros. Ella me contestó que nada sabía y tuviera paciencia. Mi padre se quedó en la cama, pues su pierna le duele cada día más y los médicos le han dicho que es un ataque de gota.

En el camino a Tacubaya, que es uno de los lugares más bellos que hay para ir a pasear, mi desesperación aumentaba. Pensaba que debía haberme quedado en casa para esperar a don Fernando y no perder el tiempo en un paseo que iba a durar casi todo el día, y que antes me hubiera alegrado mucho.

Cerca de la iglesia de los dominicos, hay un molino y una huerta que pertenecen a unos amigos de doña Juana. Isabel me dijo que podía pasear por el jardín, mientras ellas trataban unos asuntos. La belleza del jardín logró calmar un poco mis dudas y pude comprender la fortuna que tenía de poder sentir con tanta fuerza eso que llaman amor, finalmente le rogaba a Dios que se hiciera su voluntad y no la mía. En estas cavilaciones estaba cuando escuché la voz de don Fernando. Cuando me volví, radiante, lo vi en medio del jardín caminando hacia mí. Pensé que sería una alucinación, pero cuando estuvo frente a mí y tomó mi mano dejé de creer en los sueños, porque esta realidad era tan poderosa que casi desfallezco. Don Fernando me confesó que había estado atormentado pues, como yo, se dio cuenta del mucho amor que sentía, pero desconocía mis sentimientos. Que se alegró mucho cuando habló con Isabel, y que esta misma tarde hablaría con mi padre para pedir su aprobación; que sus padres habían muerto, pero estaba seguro de que hubieran dado su licencia, pues conocían muy bien a mi padre y sabían de las virtudes de mi madre.

Nos reímos de la manera como cada quien se atormentó por desconocer el afecto que cada uno sentía por el otro, ya que la discreción había ocultado a los ojos del otro las manifiestas señales del amor. Me juró amor y en la capilla del molino, ante una imagen de Nuestra Señora de Guadalupe, me dio palabra de matrimonio. Isabel y doña Juana nos esperaban a prudente distancia y con la mirada agradecí sus buenos oficios.

Don Fernando se retiró y yo me quedé en aquel espléndido jardín, bañada por la dorada luz del sol y el susurrante aleteo de veinte colibríes.

Isabel y doña Juana dispusieron todo para tener aquel encuentro, lejos de otras miradas, pero guardando el debido recato. Isabel confiaba en que mi padre diera su bendición.

Ya han tocado a las oraciones de la noche y aún no conozco la respuesta de mi padre. Isabel, mi padre y don Fernando aún siguen en el estrado, me iré a dormir sin saber lo que hablaron.

Miércoles 28 de octubre de 1694

Antonina me despertó muy temprano, pues mi padre había mandado llamarme. Cuando estuve con él, me dijo que conocía a don Fernando desde que era niño y que había sido socio de su padre en unos negocios de minas en Tlalpujahua. Que la vida no les había sido fácil, pero con mucho esfuerzo habían logrado reunir alguna fortuna. Dios quiso que su padre muriera

de la enfermedad de los mineros, pues mucho anduvo en los socavones en busca de las vetas de plata, y su madre había muerto
de tabardillo hacía sólo dos años. Que lo conocía bien y estaba
seguro de que sería un buen esposo, porque poseía las virtudes
para serlo. Me preguntó si yo estaba segura de mis sentimientos
y, al contestar que sí, me dio hizo algunas recomendaciones y
mandó llamar a don Fernando. Nos dio la bendición e hizo especial encomienda a don Fernando para que cumpliera su promesa
y la boda se celebre el año entrante. Después don Fernando se
despidió y tomó el camino de Querétaro para ir a San Luis Potosí.

El gozo que siento se ve ensombrecido por la aflicción que
me causa su partida.

Martes 2 de noviembre de 1694. Día de los Fieles Difuntos

Después de misa en el sagrario, Isabel y yo fuimos a San Gerónimo a ver a Gertrudis. Mi padre no fue porque aún no está
bien de la pierna. Le conté todo a Gertrudis y le dio gusto saber
todo aquello; luego, en la tumba de mi madre recé y le pedí ve-
lara mi matrimonio. A los padres de Fernando les puse una vela-
dora y les pedí que cuidaran a su hijo e hicieran de él un buen
esposo. También le escribí una carta a Micaela.

En la tarde fuimos a ver los altares que ponen en los porta-
les, y había tal concurso de gente que muy poco pudimos ver,
pues se aprovecha esto para cometer toda clase de desmanes y
robos.

Día y noche pienso en Fernando, y trato de recordar su cara
y sus manos para que el tiempo y la distancia no los desdibujen
de mi mente.

Domingo 7 de noviembre de 1694

Hoy, al salir de misa en San Agustín, un hombre vestido con túnica y barba como las que llevaba Jesucristo Nuestro Señor, cayó de rodillas ante nosotros y, tomando la punta de nuestros vestidos y la capa de mi padre, nos pidió perdón. Mi padre quiso apartarlo y no pudo, pues estaba aferrado a nuestra ropa, hasta que otros hombres lo levantaron luego que vieron lo que hacía. La sorpresa fue mucha, pues tras la tupida barba y las mechas de pelo, reconocimos a Mateo. Isabel y yo nos quedamos como estatuas de sal hasta que mi padre nos jaló. Nada comentamos en casa, por ser tanto nuestro azoro.

Viernes 26 de noviembre de 1694

Hace unos días doña Juana nos contó que andaba un hombre vestido de Nazareno, dando a oler a las mujeres una flor que las ponía bobas, y que así andaba por todas las plazas y las calles. Que no sabían de donde era y que unos lo vieron entrar por el lado de san Lázaro. Hoy supimos que los alguaciles de la Inquisición se lo llevaron, pero los doctores determinaron que había perdido la razón y lo mandaron al hospital de locos en san Hipólito. Mi padre nos contó que fue a verlo y era el mismo que vimos ese domingo en San Agustín. Que no saben con qué flor embobaba a las mujeres o por qué había perdido la razón. ¿Lo hechizó la mulata de Córdoba como me dijo Teresa? Le ruego a Dios y a San Miguel porque esto no sea obra del demonio. Mi padre ha prometido dar algún dinero para su sustento.

Domingo 12 de diciembre de 1694

Muy temprano salimos al santuario de Nuestra Señora de Guadalupe. La cantidad de carrozas, gente caminando y a caballo, era tal que la calzada no era suficiente para tantos. Por el lago, mucho indios remaban para llegar al santuario. Subimos a pie por el cerrillo hasta llegar a la capilla que alberga la portentosa imagen de Nuestra Señora. Nunca había visto tanta gente, ni siquiera en las procesiones del Corpus, y el encendido fervor que todos demostraban me emocionó tanto que no pude evitar el llanto. Indios y españoles imploraban por igual. Enfermos y penitentes, también de todas las castas, llegaban en filas interminables. El interior de la ermita era sofocante y fuera se padecía el apretamiento, unos por entrar y otros por salir.

He pedido a la Virgen por la salud de mi padre (pues a esto en especial hemos venido), porque los negocios de Fernando vayan bien y nos podamos casar pronto, por mi madre, por mis hermanas, por mis amigas, por la madre Juana Inés, por el maestro Fontes, y le agradecí todas las bendiciones con que me ha colmado Dios Nuestro Señor.

Jueves 30 de diciembre de 1694

Hoy recibí una carta de Fernando. En ella me cuenta de los interminables trabajos que ha tenido para poder lograr el beneficio de los metales. Ha debido renovar los puntales en los socavones para evitar derrumbes y desaguar algunas partes que se habían inundado. También ha comprado una casa en la ciudad y está haciéndole algunos arreglos para poderla habitar.

He leído tantas veces la carta que ya me la sé de memoria, y no sé cuantos meses deban pasar para que otra carta calme mi ansiedad. Mañana le enviaré contestación.

❧

Domingo 2 de enero de 1695

Ayer fuimos al sorteo de huérfanas que celebra la Cofradía del Santísimo Rosario en la iglesia de Santo Domingo, pues mi padre es uno de sus cofrades. Las agraciadas con una dote de la cofradía desfilan para hacer efectiva la dote. Muchas, las más jóvenes y bellas, encuentran pronto marido. Otras más aprovechan esta dote para tomar los hábitos en algún convento. La mayoría solicita durante años tomar parte en los sorteos que hacen las cofradías y las obras pías que administra el cabildo catedral. Es una pena que muchas mujeres, por ser huérfanas o pobres, no cuenten con una dote que les dé la posibilidad de tener un buen matrimonio. Hoy me acordé de Nicolasa, la sirvienta que se refugió en el convento. La suerte de las mujeres que se quedan solas por la muerte o el abandono de su padre puede ser muy desdichada, pues bordando o lavando ropa no ganan suficiente para comer. Ni las que son fritangueras o trabajan en los talleres pueden tener el mismo jornal que el hombre, aunque mejor hagan el trabajo, y por eso están siempre pobres y necesitando del amparo de un hombre.

Ahora me doy cuenta del bien que se sigue con estas obras piadosas.

Martes 11 de enero de 1695

Hoy fueron los años del virrey y hubo carreras y palenque, a los que mi padre asistió un poco mejor dispuesto de salud. Isabel dice que extraña las comedias, que ya no se hacen porque el arzobispo las considera fuente de torpezas que dan lugar al pecado. Yo nunca he ido a una; según me contaron en el convento, allí también se hacían comedias para los virreyes, pero allí también se dejaron de hacer por órdenes del arzobispo. Si pudiera nos mandaría callar y jamás reír, pero sabe que eso es imposible, los mexicanos somos de natural alegre y buscabullas.

Jueves 20 de enero de 1695

Isabel y yo fuimos a ver a Gertrudis, a la que vimos muy mortificada. En el convento se han enfermado monjas, niñas, sirvientas y esclavas de unas fiebres muy fuertes y ya han muerto varias. Que por todo el convento se oyen quejas y ya se han hecho rogaciones para implorar la misericordia divina. Nos fuimos muy preocupadas y lo dijimos a nuestro padre, que nos mandó pedir al boticario varios frascos de remedios y un mortero para que Gertrudis los tenga en caso de necesidad. Parece que sólo en el convento hay enfermedad, porque nada hemos sabido de la gente que vive en el siglo. En la tarde, nos fuimos todos a San Agustín para pedir a San Rafael y a San Roque por la salud de nuestra hermana y por todas las que viven en el convento.

Viernes 4 de febrero de 1695

Isabel y yo compramos algunas varas de lienzo y trastos para la enfermería del convento. Llegamos con la esperanza de que Gertrudis nos dijera que todo iba mejor, y en lugar de eso la escuchamos llorosa porque Teresa está enferma. Desesperada, le pedí licencia a Isabel para quedarme otra vez en el convento, para cuidar de Teresa y ayudar a Gertrudis. No me lo permitió, tampoco mi padre. Nada puedo hacer, sólo rezar.

Domingo 6 de febrero de 1695

Gertrudis nos ha dicho que Teresa sigue mal, aunque parece que ha resistido la peor parte, pues ya no tiene tanta fiebre, pero la epidemia no ha dejado de apretar.

Jueves 17 de febrero de 1695

Parece que en el convento las cosas van un poco mejor, pero no hemos dejado de estar preocupados. Gertrudis nos contó que el sábado empezará a trabajar en la enfermería, pues ante la cantidad de monjas enfermas, otras monjas han tenido que desempeñar estas duras labores para que las que venían haciéndolo puedan descansar.

Mi padre llegó muy contento porque llegó correo de la nao de China que recién llegó a Acapulco e hizo sólo once meses de viaje, pues se hizo a la vela en ese puerto el día de

San José del año pasado. Dice que poco a poco se han hecho avances para que las embarcaciones naveguen con mayor rapidez, que los aparatos con que se orientan son mejores y hasta se han descubierto nuevas islas donde hay agua y carne. También dice que se deben buscar otras maneras de combatir a los piratas, pues tienen naves ligeras y veloces, y no sólo causan pérdidas a las embarcaciones sino que entran a los puertos causando muchas desgracias, y que espera que pronto se hagan mejores máquinas para combatir al enemigo. Por mi parte, espero que los correos que van a los minerales sean más eficaces y haya menos ataques de indios chichimecas, para que a Fernando le lleguen pronto mis cartas y yo reciba las suyas.

Hoy murió el padre Antonio Núñez de Miranda, confesor de la madre Juana Inés de la Cruz; era jesuita y congregante de la Purísima Concepción.

Lunes 28 de febrero de 1695

Estos días han sido tristes. Gertrudis dice que aún no acaba la epidemia en el convento y no ha llegado carta de Fernando.

Sábado 5 de marzo de 1695

Hoy fuimos a la fiesta para despedir a Nuestra Señora de los Remedios, pues va para tres años que no ha regresado a su ermita. Dicen que irá en la carroza de los señores virreyes y que la virreina estará en la ermita para recibirla.

Lunes 7 de marzo de 1695

Isabel, doña Juana y yo fuimos en la tarde al pueblo de Tacuba para despedir a Nuestra Señora de los Remedios. Estuvimos en una huerta, muy cerca de unos sabinos antiguos que los indios llaman ahuehuetes, donde, dicen, se refugió don Hernando Cortés cuando intentaba conquistar la antigua ciudad de los mexicanos. Nadie sabe qué árbol es, pero todos los que hay por aquí son grandes y tienen la sombra fresca.

Martes 15 de marzo de 1695

Gertrudis ha caído enferma. Rogué a mi padre me permitiera ir a cuidarla y me ha dicho que sí. Ha hecho ya las cartas para la abadesa y he juntado unas pocas cosas para llevarme. Antonina me ha dado una botella de aguardiente y dice que haga buches de esto todos los días para que no me peguen la enfermedad. Espero estar allá antes de las vísperas.

Martes 22 de marzo de 1695

Lo que he visto estos días ha sido espantoso. La epidemia arreció cuando parecía iba a terminar, y la peste se ha extendido por todos los lugares de este convento. La fiebre de Gertrudis cedió anoche, por lo que espero vaya mejorando, como le pasó a Teresa, que ya anda levantada pero con mucha dolencia de huesos, y anda toda arropada como si fuera enero. He dormido poco, pues Teresa aún no puede cuidar bien a Gertrudis y las enfermeras no son suficientes para todas las monjas enfermas. He pedido a Teresa que queme este diario si enfermo y muero. He pensado que no conviene que lo tenga mi familia, pues en él digo cosas que pudiera avergonzarlos y otra persona quizá pudiera juzgarme mal. No he hecho una buen confesión, pues no le dije al padre de este diario, temo que diga que no es de provecho para la salvación de mi alma. Le pido a Dios perdón por mis desvaríos y sigo pensando siempre en Fernando para darme fuerza ante toda esta adversidad.

Viernes 25 de marzo de 1695

Doy gracias a la Virgen Nuestra Señora por permitir que en el día de su Anunciación mi hermana, la madre Gertrudis de Santa Rosa de Lima, comiera un poco de caldo. No se puede levantar todavía aunque ella quisiera hincarse para hacer sus oraciones. El médico le ha mandado que no haga esfuerzos y ella debe obedecer. He continuado haciéndole fomentos de agua, vinagre y alcanfor. Hoy murió una de las monjas, por aquí pasaron con la cama y hasta las colgaduras, para quemarlas.

He visto a la madre Juana Inés muy atareada recibiendo cosas en el torno como medicinas, lienzos y otras que se han necesitado para atender a las enfermas. También supe que ella misma preparaba algunos remedios, pues de tanto estudiar tiene aprendido el oficio de boticario.

Han pasado casi tres meses desde que le envié carta a Fernando. No quisiera desesperarme porque los caminos son peligrosos. He pensado que quizá no recibió mi carta, por lo que voy a repetirla, como lo hacía mi madre cuando escribía cartas a Portugal. No quiero atormentarme pensando que está distraído con otra dama, y evito sentir celos, como bien me lo recomendó la madre Juana Inés, de quien me aprendí estos versos:

> *Acuérdate, señor mío,*
> *de tus nobles juramentos;*
> *y lo que juró tu boca*
> *no lo desmientan tus hechos.*

Lunes 28 de marzo de 1695

El silencio en el que se ha sumido este convento me obliga a estar pensando cosas que no debo. El amor es una tiranía. Sé que no soy justa, pues no sé qué pasa con Fernando, mas no quiero pensar que algo malo le haya pasado. De otro modo, me siento muy feliz de poder estar aquí con Gertrudis, de poder ayudarla, y también me da mucho contento que Teresa esté mejor cada día. Pienso en los que quiero y doy gracias a Dios por esto.

Domingo de Pascua de 1695

La esperanza que tengo en la resurrección es el único bálsamo que ha aliviado un poco el dolor por la muerte de mi madre, y siendo tan buena como lo fue, me alegra que esté gozando del Señor. De todos modos su muerte ensombreció algo en mí y espero que el tiempo y los afectos por venir me llenen de luz.

Sábado 9 de abril de 1695

Hoy supe que la madre Juana Inés de la Cruz se ha sentido mal y ha comenzado sintiendo fríos; todas creen que se ha contagiado de la peste. Dios tenga piedad de ella.

Gertrudis, que se ha sentido mejor, se ha levantado para hacer sus oraciones. Las tres nos hemos puesto a rezar el rosario y otras muchas preces para que Dios y Nuestra Señora le den salud a las enfermas, y hemos pedido en especial por la madre Juana Inés.

Lunes 11 de abril de 1695

Había estado tan ocupada atendiendo a Gertrudis que hasta hoy me enteré de que doña Feliciana también ha caído enferma, aunque ella va para cinco días que empezó. La fui a ver y no quiso que me acercara, se quejaba del mucho dolor e incendio de entrañas. Estaba mucho peor que como vi a Gertrudis, y eso me hace pensar que pueda morirse. Es como si toda la medicina no aliviara nada, ni siquiera el dolor, y como si las rogaciones que hemos hecho no fueran escuchadas por Dios Nuestro Señor.

Miércoles 13 de abril de 1695

Hoy murió doña Feliciana. Acababa de expirar cuando llegué a su celda. Su ropa y sábanas estaban manchadas por la mucha sangre que le vino a las narices. Entregaron a su hijo el cuerpo en un cajón. Muchas niñas, algunas mujeres y sirvientas se han ido por miedo al contagio. Mi padre quiere que regrese a la casa, pero yo no quiero dejar a Gertrudis ni a Teresa, y quiero ver que la madre Juana Inés se levante para ir otra vez al locutorio a ver a don Carlos de Sigüenza, y quiero que vaya al chocolatero y quiero verla observando las estrellas y yo quiero que nadie más se muera. Quiero que todas las mujeres de este convento se vayan a Tacubaya o a San Ángel o a Chalco para que vean cómo se pone el sol en los cerros y cómo amanece en los volcanes y dejen de ver los muros de su perpetua clausura.

Jueves 14 de abril de 1695

Han traído el Sagrado viático a la madre Juana Inés y le han dado la extremaunción.

Domingo 17 de abril de 1695

Murió la madre Juana Inés de la Cruz, en la madrugada escuché las campanillas anunciando su muerte. Dios la tenga en su Gloria.

Lunes 18 de abril de 1695

Como las otras que han muerto de esta epidemia, la madre Juana Inés sufrió de fiebres, dolor y sangró por las narices. Cesaron sus sufrimientos, todos los que tenía y los que no sabremos si tuvo. Hubo mucho concurso de gente en la iglesia y vino el cabildo a enterrarla en el mismo coro donde hace 27 años profesó e hizo votos, para nunca más ver Nepantla, ni el palacio real con su pegaso, ni las huertas de San Cosme, ni el umbral de la universidad. Quiera Dios que a estas horas ya esté en conversación con Santa Catarina.

Sábado 23 de abril de 1695

El arzobispo mandó por las cosas de la madre Juana Inés, no por que hayan pertenecido a una insigne mujer, sino por el pleito que, dicen, sigue contra ella aun muerta. Pocas cosas eran esta vez: un pupitre, un catre, la mesa grande donde trabajaba, unos 150 libros, algunos cuadros y hasta el aguamanil, y se hubieran llevado la cama si no la hubieran mandado quemar. He tomado una rama de laureles del pasado domingo de ramos y la he puesto sobre las baldosas del coro bajo, donde su cadáver volverá al polvo. Que la memoria triunfe sobre la muerte que es el olvido.

Jueves 28 de abril de 1695

Gertrudis y Teresa, aunque flacas, están mejor de salud. Aún hay varias monjas enfermas y rogamos a Dios porque no haya más muertes. Hemos visto a sor María de la Santísima Trinidad flagelándose y apretando los cilicios que trae pegados al cuerpo. Hay general sentimiento por todo lo que han sufrido las mujeres de este convento.

Sábado 30 de abril de 1695

Desde ayer, por un fuerte dolor de cabeza, he pasado muchos trabajos para hacer las tareas que me impuse. Lo peor es que veo burladas mis esperanzas cada día que pasa sin recibir carta de Fernando. Sólo le pido a Dios que nada malo le haya sucedido. Recuerdo este verso de la madre Juana Inés (que Dios haya):

> *En dos partes dividida*
> *tengo el alma en confusión:*
> *una, esclava a la pasión*
> *y otra, a la razón medida.*

Domingo 15 de mayo de 1695. Día de San Isidro Labrador

Los cohetes por los festejos a San Isidro me despertaron muy temprano. Cuando abrí los ojos no reconocí el lugar donde yacía, hasta que Isabel se acercó y me dijo que había caído enferma hacía dos semanas. Que una general debilidad se apoderó de mi cuerpo, pues estuve sin conciencia y un poco de fiebre. Creo que he estado dormida todo este tiempo. Gertrudis mandó avisar a mi padre que la salud me estaba faltando, y ese mismo día él mandó por mí y me trajeron a esta casa que está en Tacubaya, donde me reuní con Fernando aquella tarde maravillosa. Aunque he tenido conciencia a ratos, nada recuerdo, pues volvía a cerrar los ojos. El doctor dijo que era una enfermedad de los nervios, pues una gran melancolía me ha privado hasta de la conciencia, y ha mandado me den algunos polvos y jarabe de adormideras.

Una carta de Micaela me estaba esperando. En ella me dice que está a punto de parir y se ha encomendado a todos los santos para que todo resulte bien. Para ese niño que está por nacer, voy a comprar en el mercado un ojo de venado, para que no le hagan mal de ojo; una ramita de coral rojo, contra los hechizos; un diente de jabalí para darle buena suerte; y una piedra verde para que duerma bien; pero sobre todo le pediré al niño Dios por su salud y la de su madre.

Lunes 16 de mayo de 1695

Hoy se me concedió recibir carta de Fernando. En ella me dice que ha padecido algunas calamidades, pues hubo varios derrumbes en los socavones y algunos esclavos quedaron atrapados. Que él mismo entró a la mina para sacarlos y una viga le cayó en el brazo, y que por fortuna ninguno había muerto. Que ha estado lastimado y muy ocupado viendo que terminen de apuntalar la mina para evitar mayores desgracias. Agradecí a Dios y le pedí perdón por los pensamientos egoístas que tuve.

Miércoles 25 de mayo de 1695

Fuimos a misa y dar gracias a la iglesia de los frailes dominicos, que está aquí en Tacubaya. Luego Isabel me ha llevado al vergel donde me reuní con Fernando, que está esplendoroso por las recientes lluvias, y di un largo abrazo a mi hermana. Ahora que Dios me ha concedido la salud, tengo fortalecidas mis esperanzas, y todo se ha tornado como este jardín, verdecido y por florecer.

Sábado 28 de mayo de 1695

De lo que dijeron mi padre y el maestro Fontes sobre los males que padece el reino de la Nueva España.

Una sorpresa me ha dado mi padre, hoy, pues ha venido acompañado del maestro Enrique Fontes. Estuvimos todos sentados en el corredor, mientras mi padre y el maestro Fontes platicaban sobre los mares y ciudades que habían visto en sus años mozos. Isabel y yo escuchábamos con gusto y atención todas aquellas historias, pues todo era novedad. Nos contaron sobre la ferocidad de los piratas como Lorencillo y sus extravagantes costumbres. Luego, acabaron hablando de cosas graves, que si el rey don Carlos II (que Dios guarde) era un patiblando incapaz de engendrar un heredero para el trono de España, que allá las cosas andaban mal y que esto no estaba bien para nuestra patria. Que los que nos gobiernan, a menudo desdeñan las cosas que pasan en esta tierra y aún las rebeliones de los pueblos las toman por poca cosa, sin querer ver en ello las señales de los grandes males que contra el pueblo se han hecho, y nada quieren hacer por remediarlo. Que les basta hacer promesas que no cumplen sin ver el gran daño que se sigue, pues no cesan los crímenes y los abusos, y se enseñorean la pobreza y el hambre en un reino que todo lo tiene para que sus hijos sean felices. Que las tierras son buenas, las minas generosas y el comercio abundante, pero no había provecho en ello, pues se usaban los dineros en pagar ejércitos que perdían guerras y en sostener una corte de zorros engolillados. Luego Isabel y yo nos retiramos y ellos siguieron con estas y otras conversaciones a la luz de los cocuyos.

Viernes 10 de junio de 1695

Mañana regresaremos a la ciudad de México. Haber estado aquí me ha hecho mucho bien.

Domingo 12 de junio de 1695

Cuando abrí los ojos, Antonina estaba conmigo y le pregunté por qué nunca se enfermaba, y me contestó: "Porque Dios ve nuestra pobreza y cuando tenemos dolencias nos aguantamos, porque si no trabajamos no comemos." Me quedé contrita, porque nunca había tenido el cuidado de preguntarle si estaba bien. ¡Qué grande mi egoísmo!

Lunes 27 de junio de 1695

He recibido carta de Fernando. Vendrá a esta ciudad para hacer todas las diligencias de nuestro casamiento. Todo ha ido bien y la salud de mi familia es buena. Gertrudis dará la libertad a Teresa, pues cuando enfermó prometió liberarla. Teresa quiere venir conmigo a San Luis Potosí y eso me ha dado mucho contento. Antonina ha empezado a llorar por los rincones, pues no quiere que me vaya, y Dominga celebra mucho mi casamiento. Yo no quiero llorar, ni quiero ponerme triste porque me voy, pues mientras estemos vivos habrá manera de vernos o saber de nuestra suerte a través de las cartas. Los caminos irán mejorando y los correos serán más rápidos. Nada hay como el pesar que causa la muerte de alguien, pues cesan las esperanzas de hablar, de perdonar y ser perdonados. Queda la memoria, y cuando llegue la muerte quedarán unas pocas palabras escritas. Sé que cuando haga mi próxima confesión no podré ocultar este diario y sé que mi confesor querrá leerlo para revisar que no contenga alguna opinión contraria a la religión y a la moral. Como puede encontrar algunas cosas torpes, me mandará quemarlo, pero se lo daré a Teresa para que ella lo guarde y nadie pueda leerlo, y yo se lo pueda pedir para recordar las cosas que escribí para que no se me olvidaran nunca. Cuando yo muera, que lo entierre conmigo. Creo que a la madre Juana Inés de la Cruz le hubiera gustado saber que lo escribí, y hasta pienso que ella debió escribir uno alguna vez. Ella hubiera sido indulgente. Confío en la infinita misericordia de Dios Nuestro Señor y en la intercesión de Nuestra Madre Santísima de Guadalupe.

❧

Sobre los personajes y escenarios
de este Diario

En el ocaso del siglo XVII la ciudad de México era un gran mosaico humano. La enorme violencia del siglo anterior había disminuido dando paso a encuentros más amorosos, cuyo resultado fue el mestizaje entre los españoles, los indios y los negros. Aunque no todo era armonía, la gente buscaba su lugar en aquella variopinta sociedad. Lejos de una España oscurecida por las guerras y la falta de sucesión del timorato rey Carlos II, la Nueva España gozaba de mucho mejor salud, a pesar de la cíclica escasez de cereales, del acoso de los piratas y de las epidemias.

La conquista del territorio proseguía incansable y el descubrimiento de riquezas hacía concebir grandes esperanzas de tener fortuna de manera rápida, cosa muy difícil de lograr en la península Ibérica. En este tiempo en el cual parece no ocurrir nada de importancia se está fraguando la nacionalidad mexicana, pues la historia demuestra que es en las cosas simples de la vida diaria donde las diferencias se hacen patentes.

Aunque doña Mariana Calderón y Oliveira, sus hermanas, su padre, su esclava y otras amistades pertenecen al mundo de la ficción, no lo son la madre Juana Inés de la Cruz, el científico Carlos de Sigüenza y Góngora, los virreyes y el arzobispo de México, así como el mayordomo del convento de san Jerónimo y el pintor Juan Correa y, por supuesto, los distintos escenarios de la ciudad de México y algunos de sus alrededores.

Tampoco es ficción la existencia de la imprenta de la viuda de Bernardo Calderón y, si bien el personaje del maestro Fontes es ficticio, no por ello es irreal.

Sor Juana Inés de la Cruz profesó en el convento de san Jerónimo en 1669, cuando tenía alrededor de 17 años. Pasó la mayor parte de su vida entre los muros de aquel convento como lo hacían todos las monjas de su tiempo. En su celda desarrolló la obra que la hizo famosa, admirada y también detestada. Entre las amistades más largas y fructíferas que tuvo está la de Carlos de Sigüenza y Góngora, ese sabio siempre cuestionado en sus afirmaciones y descubrimientos científicos y atormentado por la imposibilidad de ingresar a las huestes jesuíticas. Ambos sufrieron la ingratitud e incomprensión de las autoridades y otros contemporáneos y no bastó la amistad y apoyo que les dieron prominentes virreyes. Aunque don Carlos sufrió los regaños del arzobispo don Francisco de Aguiar y Seijas, lo que sufrió la madre Juana fue peor. El arzobispo de México no toleraba la presencia de las mujeres a su alrededor y puso todo el empeño por reducirlas a sus casas, beaterios, recogimientos y conventos. No sólo trató de mantenerlas encerradas sino calladas y eso no podía hacerlo alguien que tenía tantas cosas qué decir como la madre Juana Inés. También mandó callar las voces del corral de comedias al impedir la representación de éstas, que tanto gustaban a la gente de todas las clases sociales.

El maestro Juan Correa fue junto con Cristóbal de Villalpando uno de los mejores pintores barrocos de la época de sor Juana, con la particularidad de ser mulato y reflejar este hecho en sus obras. Mateo Ortiz de Torres era el mayordomo del convento de san Jerónimo y ambos tenían una excelente relación con la contadora del convento, es decir, la madre Juana Inés.

El virrey don Gaspar de la Cerda, conde de Galve, debió enfrentar uno de los mayores motines ocurridos en la historia de la ciudad de México debido a la escasez de maíz, pero también tuvo la fortuna de mandar las expediciones donde se exploraron parte de los extendidos reinos de España y por las cuales Sigüenza pudo hacer sus mapas y observaciones acerca de aquellas tierras. En su tiempo ocurrieron matanzas de colonos en el norte, y la continuación de los esfuerzos por vencer los ataques de los indios y las asperezas propias de aquellas tierras.

La imprenta de la viuda de Bernardo Calderón existió en la calle de San Agustín.

Todas las anécdotas sobre mujeres son ciertas y fueron tomadas de diversas fuentes y vinculadas a esta historia por obra de mi imaginación con el fin de mostrar los problemas cotidianos que enfrentaban esclavas, españolas, indias y mestizas, así como las huérfanas. Aunque no es un retrato completo de la sociedad virreinal, basten estas pocas pinceladas para atisbar en la vida monacal de un puñado de mujeres.

En las huertas de Tacuba, a 24 de febrero de 2000, cuando se cumplen 331 años de la profesión monacal de sor Juana Inés de la Cruz.

Glosario de términos usados en el siglo XVII

Almohadilla: caja usada como costurero.

Billete: nota o carta breve.

Chinguirito: bebida alcohólica hecha de la fermentación de miel de caña de azúcar y agua.

Clepsidra: reloj de arena.

Cratícula: ventanilla abierta en la reja del coro o muro para dar la comunión a las monjas.

Cuartos: Cada una de las cuatro partes del cuerpo (excluyendo la cabeza) de los ajusticiados, que se exhibían en las entradas de la ciudad o sitios abiertos para el público escarmiento.

Damasco: tela fina de seda o lana con motivos entretejidos.

Estufa: especie de carroza grande, cerrada y con cristales.

Guardainfante: armazón de varillas que se usaba bajo la falda para dar amplitud hacia los lados.

Jubón: vestidura que cubre de los hombros a la cintura –es decir, la blusa–, y que hace juego con la saya.

Liberto: esclavo liberado.

Mancerina: plato con una abrazadera circular en el centro para sostener la jícara del chocolate. Las había de plata y porcelana y debe su nombre al virrey Mancera quien, se dice, la inventó para poder tomar chocolate mientras se vestía.

Cimarrones: esclavos negros que huían de sus amos resguardándose en los montes.

Obraje: taller donde se labran paños y mantas.

Ochavada: octagonal.

Sarao: fiesta.

Saya: falda.

Seguidillas: diarrea.

Tabardillo: enfermedad equiparable al tifus exantemático.

Lecturas sugeridas

Cruz, Sor Juana Inés de la, *Obras completas*, ed., pról. y notas de Alfonso Méndez Plancarte y Alberto G. Salceda, México, Fondo de Cultura Económica, 1976, 4 t.

Gonzalbo Aizpuru, Pilar, *Las mujeres en la Nueva España. Educación y vida cotidiana*, México, El Colegio de México, 1987.

Lavrin, Asunción, (comp.) *Sexualidad y matrimonio en la América Hispánica, siglos XVI-XVIII*. México, Grijalbo-CNCA; 1991 (Los Noventa, 67).

Maza, Francisco de la, *La ciudad de México en el siglo XVII*, México, Fondo de Cultura Económica-Secretaría de Educación Pública, 1985 (Lecturas mexicanas, 95).

Muriel, Josefina, *Conventos de monjas de la ciudad de México*, México, Santiago, 1946.

Paz, Octavio, *Sor Juana Inés de la Cruz o Las trampas de la fe*, Barcelona, Seix Barral, 1982.

Robles, Antonio de, *Diario de sucesos notables (1665-1703)*, 2ª ed., México, Porrúa, 1972, 3 vols., (Escritores Mexicanos, 30, 31, 32).

Rubial García, Antonio, *La plaza, el palacio y el convento. La ciudad de México en el siglo XVII*, México, CNCA, 1998 (Sello Bermejo).

Tostado Gutiérrez, Marcela, *El álbum de la mujer. Antología ilustrada de las mexicanas*, vol. II, (época colonial),

México, Instituto Nacional de Antropología e Historia, 1991 (Divulgación).

Tovar de Teresa, Guillermo, *Pegaso*, Vuelta-Heliópolis, México, 1993 (Las ínsulas extrañas).

Trabulse, Elías, *La muerte de Sor Juana*, México, Centro de Estudios de Historia de México, Condumex, 1999.

_____, *Los años finales de Sor Juana: una interpretación*, México, Centro de Estudios de Historia de México- Condumex, 1995.

Índice